aufbau taschenbuch

AUFBAU VERLAGSGRUPPE

BERND PHILIPP, geboren 1950 in Berlin-Neukölln. Journalist (»Berliner Morgenpost«/»DIE WELT«), Kolumnist und Buchautor zahlreicher Belletristikbände und Biographien (u.a. mit Hugo Egon Balder: »Ich habe mich gewarnt«). Verfasser diverser Veröffentlichungen zur jüngeren Berliner Stadtgeschichte.

RENATE WIECHMANN, geboren in Berlin. Journalistin und Buchautorin. Nach Sprachstudium in Paris mehrjährige Tätigkeit als Redakteurin an einer Berliner Tageszeitung. Jetzt freiberuflich für Zeitungen und Verlage tätig.

Der Boxer Henry gehört zu den Berühmtheiten Berlins, doch auch vor ihm macht der Terror der Nazis nicht halt. Weil der Mann, der ihn und seine Familie außer Landes bringen soll, nicht rechtzeitig kommt, wird auch er nach Auschwitz deportiert – in einem Zug, der von dem berüchtigten Bahnhof Grunewald abgeht. Mit über hundert Menschen hockt Henry in einem Waggon, unter ihnen Säuglinge, Kinder und alte Leute. Zusammen mit dem Juwelier Albert sinnt er darauf zu fliehen.

Bernd Philipp
Renate Wiechmann

Der letzte Zug

Roman zum Film

Aufbau Taschenbuch Verlag

Mit 22 Szenenfotos aus dem gleichnamigen Film
von Joseph Vilsmaier und Dana Vávrová

ISBN-10: 3-7466-2311-1
ISBN-13: 978-3-7466-2311-5

Aufbau Taschenbuch ist eine Marke der Aufbau Verlagsgruppe GmbH.
1. Auflage 2006

Umschlaggestaltung Antje Walter, Berlin

Druck und Binden Clausen & Bosse, Leck
Printed in Germany

www.aufbau-taschenbuch.de

Inhalt

Bernd Philipp: Vorwort 7

Kapitel 1
»Verhalten Sie sich ordentlich und diszipliniert!« 13

Kapitel 2
Mit Witzesammlung und Smoking zum Transport 26

Kapitel 3
Ein Eimer Wasser für mehr als hundert Menschen 36

Kapitel 4
Die Angst – jetzt hat sie eine neue Dimension 49

Kapitel 5
Der junge Izzie, der kein Held sein durfte 62

Kapitel 6
»Ich bin erwacht mit einem Schrei, denn was ich träumte, war wahr« 74

Kapitel 7
Brot für die Juden und Hiebe für den Offizier 83

Kapitel 8
Warum der liebe Gott weint, als er einen Juden trifft ... 97

Kapitel 9
»Wenn du Angst hast, sprich das Shema Israel« 119

Kapitel 10
Für die einen ein Wunder, für die anderen die Hölle ... 130

Kapitel 11
Warten und Beten, daß jemand die Flucht wagt 135

Anhang

Dr. Susanne Kill: Die Rolle der Reichsbahn und der Umgang der Deutschen Bahn mit dem Erbe der Vergangenheit – Historisches zum Roman und Film »Der letzte Zug« 145

Renate Wiechmann: Filme und Schlager zur Flucht aus der Wirklichkeit. 1943 – das Jahr der Romanhandlung 158

Chronologie der Entrechtung und Stationen zum Völkermord 162

Bernd Philipp

Vorwort

Es ist schön in Berlins noblem Villenviertel Grunewald, nur wenige Minuten vom Kurfürstendamm entfernt. Eine der besten Wohnadressen der Hauptstadt. 1877 entstand hier auf Wunsch von Reichskanzler Otto von Bismarck, der auch den Kurfürstendamm bauen ließ, an den reizvollen Seen Hundekehlesee, Diana- und Königssee die vornehme Villenkolonie Grunewald. Politiker, Schriftsteller, Künstler und Fabrikanten zogen um die Jahrhundertwende hierher, zum Beispiel Walther Rathenau, Alfred Kerr, Friedrich Murnau, Max Reinhardt, Lion Feuchtwanger, Gerhart Hauptmann und viele andere Persönlichkeiten.

Schwer vorstellbar, daß ausgerechnet diese mit Wäldern und Seen so reich gesegnete Gegend zum Ausgangsszenarium der Vernichtung von Berliner Juden werden konnte. Vom Bahnhof Grunewald aus, der heute eine S-Bahnstation ist und damals als Güterbahnhof diente, fuhr am 18. Oktober 1941 der erste »Sonderzug«, wie die Nazis ihn verharmlosend nannten, mit 1251 Berliner Juden nach Lodz. Als der letzte Transport rollte, hatte Berlin Zehntausende jüdische Bürger in die Vernichtungslager geschickt, viele von dem heute als Mahnmal hergerichteten »Gleis 17« des Bahnhofs Grunewald. Auch vom Güterbahnhof Moabit und vom Anhalter Bahnhof gingen Transporte gen Osten.

Der Bahnhof Grunewald war aus der Sicht der Nazis besonders geeignet für die Deportation der Juden, weil er nicht im Berliner Innenstadtbereich lag und sich der Abtransport nicht vor einer breiten Öffentlichkeit vollzog. Zum anderen war er als Güterbahnhof mit guten Verkehrsanbindungen ausgestattet, so daß von hier aus die Deportationen problemlos und schnell abgewickelt werden konnten.

Die Nationalsozialisten verstanden sich in der Psychologie der Zermürbung ihrer Opfer. Vor dem Abtransport wurde ein Klima der Ungewißheit und der bewußt geschürten Hoffnung verbreitet. Auch der Umgangston vor dem Einsteigen in die Waggons war relativ moderat. Dagegen war die Ankunft in den Lagern begleitet von schlimmster Brutalität.

Die Betroffenen wie auch die deutsche Öffentlichkeit ließ man in dem Glauben, daß die Juden »nur« in den Osten »umgesiedelt« würden. Mit der Zunahme der Transporte war eine Geheimhaltung jedoch nicht mehr möglich. Berlins Gauleiter und Propagandaminister Joseph Goebbels hatte sich eine »judenfreie Hauptstadt« gewünscht – gedacht als »Geschenk« für den »Führer«. Immer häufiger zogen vor den Augen der Berliner Bevölkerung Kolonnen von Juden mit ihrer letzten Habe durch die Stadt zum Bahnhof Grunewald. Es war die hohe Zeit des Wegsehens.

Der Roman »Der letzte Zug« beschreibt das Schicksal einer Gruppe von Berliner Juden, die, eingepfercht in einem Viehwaggon, zusammen mit mehreren hundert anderen Verfolgten in einem Zug vom »Gleis 17« nach Auschwitz deportiert werden, und zwar am 19. April 1943. Es ist auch der Tag, an dem der Aufstand im Warschauer Ghetto beginnt.

Viele der Unglücklichen erreichen den Ort ihrer geplanten physischen Vernichtung nicht mehr lebend. Sie sind verdurstet, vom Wahnsinn in den Tod getrieben. Oder sind ums Leben gekommen durch den willkürlichen Waffeneinsatz der SS, die den Transport begleitete.

Für die Opfer eine Reise ohne Wiederkehr. Für sie ist es »Der letzte Zug«.

Es erscheint wichtig, auf die Geschichte von »Gleis 17« aufmerksam zu machen und so dem Vergessen entgegenzutreten. Zugleich soll der Roman – wie auch der von Artur Brauner initiierte und produzierte gleichnamige Film – den Opfern, die vom Bahnhof Grunewald zu Tausenden deportiert wurden, ein Denkmal setzen.

Zur Erinnerung: Von den rund 160000 Juden, die1933 in Berlin lebten, wurden 55000 in Konzentrationslagern ermordet. 7000 starben durch Selbsttötung. 90000 konnten emigrieren. Nur etwa 8000 erlebten die Befreiung. Der größte Teil von ihnen hatte in sogenannten »Mischehen«, ein kleiner Teil versteckt im Untergrund überlebt. Einige überstanden die Konzentrationslager. Von den 7,2 Millionen Häftlingen in deutschen Konzentrations- und Vernichtungslagern überlebten etwa 530000.

»Was geschah, ist eine Warnung. Sie zu vergessen, ist Schuld. Man sollte ständig an sie erinnern. Es war möglich, daß dies geschah, und es bleibt jederzeit möglich. Nur im Wissen kann es verhindert werden.«

Karl Jaspers, Philosoph (1883–1969)

Der letzte Zug

Deutschland 2006
Eine Produktion der CCC Filmkunst Berlin
in Koproduktion mit Diamant Films.

Henry Neumann	Gedeon Burkhard
Lea Neumann	Lale Yavas
Nina Neumann	Lena Beyerling
Ruth Zilberman	Sibel Kekilli
Albert Rosen	Roman Roth
Jakob Noschik	Hans-Jürgen Silbermann
Gabrielle Hellman	Brigitte Grothum
Erika Friedlich	Sharon Brauner
Dr. Friedlich	Juraj Kukura
Werner Crewes	Ludwig Blochberger

Casting MIROSLAVA HYŽÍKOVÁ • Ton JIŘÍ KRÍŽ • Sound Design NICO KREBS & STEFAN BUSCH • Mischung HUBERTUS RATH • Maske JOSEF LOJÍK • Kostümbild JARMILA KONEČNÁ • Szenenbild JAROMÍR ŠVARC • Herstellungsleitung WOLF BRAUNER • Bildgestaltung JOSEPH VILSMAIER • Schnitt ULI SCHÖN • Musik CHRIS HEYNE • Executive Producer IVO PAVELEK • Drehbuch STEPHEN GLANTZ • Nach einer Story von ART BERND

Produzent ARTUR BRAUNER

Regie JOSEPH VILSMAIER & DANA VÁVROVÁ

Kapitel 1
»Verhalten Sie sich ordentlich und diszipliniert!«

Samuel Sommerfeld hockte vor einem Radiogerät und drehte an den Knöpfen. Er war von schmaler Statur und bewegte sich mit leicht gebeugtem Rücken, so als trüge er eine schwere Last. Nur zu verständlich, mußte die Familie doch ständig damit rechnen, abgeholt zu werden, wie so viele Nachbarn. Samuels schütteres Haar war grau wie der Vollbart, den er hatte. Ein Krächzen kam aus dem Radio, dann ertönte Musik. »... es wird einmal ein Wunderrr gescheh'n, und dann werrrrden wir uns wiederseh'n«, sang Zarah Leander mit ihrer tiefen, unverwechselbaren Stimme.

»Such mal lieber den Sender, wo wir Nachrichten hören können«, forderte Paul seinen Vater auf, den der Achtzehnjährige um Haupteslänge überragte. »Wir glauben doch sowieso nicht mehr an Wunder. Geben wir uns lieber mit den Realitäten ab.« Er war ein bißchen altklug, traf aber immer den Nagel auf den Kopf.

»Und stell das Radio vor allen Dingen leiser.« Samuels Frau Inge hatte stets Angst, jemand im Haus könnte mitbekommen, daß sie ein Rundfunkgerät besaßen. Schon vor Jahren hatten sie – wie alle anderen Juden – ihr Gerät abliefern müssen. Gute Freunde waren eines Tages mit einem in eine Decke gehüllten Volksempfänger aufgetaucht. »Damit ihr nicht ganz und gar von der Außenwelt abgeschnitten seid«, hatten sie gesagt. »Aber paßt auf, daß es niemand merkt. Wenn unerwartet Besuch kommt, versteckt ihr den Volksempfänger. Und natürlich habt ihr ihn nicht von uns!«

So stand das Gerät unter einem Tisch, der mit einem weit herunterreichenden Tuch bedeckt war. Immer wenn sie es benutzen wollten, zogen sie es hervor und hockten sich auf den Boden.

Die sechzehnjährige Mascha hörte ganz gern die Lieder, die die Menschen heiter stimmen und vom Kriegsalltag ablenken sollten. Wenn Ilse Werner »Ich hab dich und du hast mich« sang oder Marika Rökk »Sing mit mir« trällerte, summte Mascha nicht selten mit. Ihre Eltern und ihr Bruder wollten eher wissen, ob der Krieg bald zu Ende war oder wo die Alliierten standen. So lauschten sie oft dem Londoner Rundfunk, in dem es Sendungen in deutscher Sprache gab.

Die Sommerfelds hatten eine Musikalienhandlung in der Nähe ihrer Wohnung am Ludwigkirchplatz gehabt. Der Laden stand nun wie so viele Geschäfte seit langem leer, die Scheiben waren zertrümmert, Fenster und Tür mit Brettern vernagelt.

Im Laufe der Jahre hatte sich die Familie fast völlig in ihre vier Wände zurückgezogen, notgedrungen. Nur Paul sah nicht ein, warum er sich verkriechen sollte und ging öfter, als es Juden erlaubt war, in der Umgebung spazieren. Einmal hatte er sich sogar von einem arischen Freund mit ins Kino nehmen lassen und »Romanze in Moll« mit Marianne Hoppe angesehen. Seine Mutter war fast in Ohnmacht gefallen, als sie davon hörte. Aber Mascha hatte trotzig gesagt, das werde sie auch irgendwann tun.

»Laß die Musik an, Papa«, bat Mascha leise. Zarah Leander sang gerade »Davon geht die Welt nicht unter«. Samuel Sommerfeld sah lächelnd auf seine hübsche schlanke Tochter und ließ das Gerät an.

Im Berliner Gestapo-Hauptquartier herrschte Hektik. Die Büroangestellten waren angehalten, zügig zu arbeiten. Die Zeit drängte. Die Gestapo hatte den Auftrag, einen wichtigen Befehl »von ganz oben« auszuführen.

Eine Hollerith-Maschine spuckte mit einem surrenden Geräusch eine mit Löchern gestanzte Karte nach der anderen in einen Metallbehälter. Auf den Karten waren Namen getippt: Dr. Samuel Friedlich, Erika Friedlich, Aaron Friedlich, Gabrielle Hellman, Jakob Noschik, Henry Neumann, Lea Neumann, Nina Neumann, David Neumann …

Die Hollerith-Maschine, benannt nach dem amerikanischen Erfinder Hermann Hollerith, war eine frühe Version des Computers. Sie entsprach dem neuesten Stand der technischen Datenerfassung und speicherte die persönlichen Lebensdaten der im Jahr 1943 noch in Berlin lebenden Juden.

Die Lochkartenmaschine erwies sich als zuverlässiger Helfer. Sobald einer der Behälter voll war, bewegte sie sich ein Stück weiter und begann den nächsten Behälter aufzufüllen. Büromitarbeiter nahmen jeden Kartenstoß heraus und reichten ihn an einen anderen weiter, der die Informationen der Karten in Sammellisten übertrug.

Im großen Konferenzraum hatten sich drei Dutzend Gestapo-Leute versammelt, um sich neue Direktiven von Oberst Walter Klimpt anzuhören. Klimpt, vom Typ her wie ein aggressiver Bürokrat wirkend, ging aufs Podium und informierte kurz und knapp: »Gauleiter Goebbels möchte unserem Führer ein besonderes Geschenk machen – ein judenfreies Berlin! Fast 170000 Juden sind aus Berlin bereits abtransportiert. Wir werden heute abend noch einmal etwa tausend Juden erfaßt haben, die wir unverzüglich nach Auschwitz schicken. Es handelt sich also um die letzten, die noch da sind. Und die sollen jetzt endlich auch verschwinden.«

Ein Gestapo-Mann wandte ein: »Verzeihung, Herr Oberst, aber leider sind das nicht die letzten, wenn ich mir die Bemerkung gestatten darf. In der Reichshauptstadt sind noch immer mehr Juden versteckt als in ganz Holland zusammen.«

Klimpt, an Widerspruch nicht gewöhnt, reagierte entsprechend ungehalten: »Das ist eine überflüssige Schwarzmalerei von notorischen Besserwissern. Hat sonst noch jemand solch kluge Meldungen vorzubringen?«

Niemand wagte es, sich zu melden.

Im Büroraum ratterten die Hollerith-Maschinen weiter. Nach und nach komplettierten die Angestellten mit größter Sorgfalt ihre Listen. Sie wollten ordentliche Arbeit leisten für ein »judenfreies Berlin«.

Es war der 19. April 1943. Ein schöner Frühlingstag.

»Bitte haben Sie etwas Geduld, Sie bekommen im Zug zu essen und zu trinken.«

Die Stimme aus dem Lautsprecher am Gleis 17 des Bahnhofs Grunewald klang freundlich, fast besänftigend.

»Bitte haben Sie etwas Geduld, Sie bekommen im Zug zu essen und zu trinken!«

688 Menschen standen dicht an dicht auf dem engen Bahnsteig. Frauen – einige hielten ihre Säuglinge im Arm –, Männer, alte und junge. Kinder. Die meisten Erwachsenen waren ungewöhnlich fein gekleidet. Die Männer trugen Anzug und Hut, manche auch einen Mantel. Einige der Frauen sahen aus, als wollten sie zum sonntäglichen Flanieren aufbrechen.

Noch wußten sie nicht, wohin die Reise geht. Dort, wo man sie hinbrachte, würden sie arbeiten können, hatte man ihnen gesagt.

»Also brauchen sie uns doch«, hörte man eine Männerstimme, »sonst würden sie uns doch im Zug nicht verpflegen. Wir sollten uns nicht verrückt machen lassen.«

Einen Moment lang herrschte Stille, als müßten die Wartenden erst einmal darüber nachdenken. Eine junge Frau fand als erste wieder Worte. Sie sprach ganz leise, aber diejenigen, die in ihrer Nähe waren, verstanden sie gut.

»Arbeit! Arbeit! Arbeit! Und was ist mit den Alten und Kranken? Was passiert mit unseren Kindern? Sollen die auch arbeiten?«

Ein kleiner Junge fing an zu weinen: »Ich will aber nicht verreisen, Mama«, sagte er und schlang die Arme um seine Mutter. Sie strich ihm sanft durchs Haar und meinte mit einem Lächeln: »Ach, mein Schatz, du willst ja nie verreisen. Und wenn wir dann erst einmal angekommen sind, gefällt es dir so gut, daß du gar nicht mehr nach Hause möchtest. Denk nur mal an unsere Ferien an der Ostsee. Da wolltest du doch auch nicht hin.«

Aus einer Baracke am Bahnsteig beobachteten Gestapo-Oberst Walter Klimpt und SS-Untersturmführer Werner Crewes, der den Transport begleiten soll, das Geschehen durchs Fenster.

»Heute haben wir nicht viel zu tun, wie's aussieht«, meinte Klimpt. »Die sind alle ganz friedlich. Mein Gott, lieber Crewes, Sie glauben ja nicht, was sich sonst hier so manchmal abspielt.« Klimpt goß sich einen Absinth in den Kaffee und bot Crewes auch einen Schluck an, aber der Gestapo-Mann lehnte dankend ab.

»Sie trinken wohl nicht, weil der Führer nichts trinkt, was?« fragte Klimpt spöttelnd.

Crewes, ein eifriger und ehrgeiziger junger Mann, schüttelte den Kopf und sagte: »Nein, nein, das hat damit nichts zu tun. Ich kam mal voll wie eine Haubitze nach Hause, da gab's einen Riesenärger mit meiner Mutter. Seitdem lasse ich die Finger davon, und wenn ich im Dienst bin, sowieso.« Er blickte nach draußen und fragte: »Wie viele sind's denn heute eigentlich?«

»Müßten genau 688 sein«, antwortete Klimpt, »und die sind jetzt Ihr Problem.«

»Ein bißchen Zugfahren, was kann denn daran ein Problem sein?« meinte der Untersturmführer, »die sind doch alle eingesperrt.«

Klimpt schilderte völlig unaufgefordert von seinen Erfahrungen, die er so im Laufe der Jahre gemacht hatte. Da hatte es immer wieder regelrechte Aufstände in den Waggons gegeben, Fluchtversuche, Selbstmorde. Und jedes Mal mußte die Fahrt unterbrochen werden. Dann kamen noch die unfreiwilligen Verzögerungen durch die Truppentransporte hinzu. Und wenn der Zug dann mit entsprechender Verspätung ankam, hatten sie immer ihn am Arsch, den Klimpt.

»Mit einem solchen Transport haben Sie eine große Verantwortung, Crewes. Unterschätzen Sie das mal nicht. Vor allem jetzt sollten Sie sehr wachsam sein. Sie wissen ja, daß mit diesem Transport ein Herzenswunsch des Führers erfüllt werden soll – ein judenfreies Berlin.«

Aus dem Lautsprecher tönte die Aufforderung: »Der Zug fährt ein. Treten Sie unbedingt von der Bahnsteigkante zurück!«

Der Zug war zum Stehen gekommen. Hinter der Lok befanden sich ein gewöhnlicher Passagierwaggon für die höheren SS-Leute, mehrere Viehwaggons und dahinter ein Waggon fürs normale Begleitpersonal. Am Ende des Zuges waren eine Schießvorrichtung und Scheinwerfer montiert.

»Verhalten Sie sich ruhig und beachten Sie die Durchsagen. Gehen Sie mit Ihrem Gepäck nur in die Waggons, die Ihnen zugewiesen werden.«

Unter den Menschen machte sich Unruhe breit. Sie drängten sich noch dichter zusammen und beobachteten voller Angst, wie die Türen aufgerissen und Bretter zum Einsteigen angelegt wurden.

»Ich verstehe das nicht«, sagte die kleine Nina zu ihrer Mutter, »das sind doch Waggons für Tiere und nicht für Menschen ...« Nina war die Tochter von Lea und Henry Neumann, der ein gefeierter Boxer gewesen war. Zur Familie gehörte noch das Baby David.

Lea beugte sich zu ihrer Tochter hinunter und sagte leise: »Es ist Krieg, mein Süßes. Da kann man sich nicht alles so aussuchen, wie man es haben möchte. Laß uns doch erst einmal im Zug sein, es wird schon irgendwie gehn.«

»Und die Männer da, Mama – warum haben die alle Waffen?«

»Um uns zu beschützen, meine Kleine.«

Die Juden wurden aufgefordert, Gruppen von jeweils hundert zu bilden. Jeder versuchte, die eigene Familie zusammenzuhalten, und so gab es ein ständiges Geschiebe und Gedränge. Die Stimmen der Wachleute wurden lauter und bedrohlicher. »Schnell, schnell! Macht, daß ihr reinkommt. Wir haben keine Zeit zu verlieren.« Wo es ihnen zu langsam ging, halfen sie mit Gewehrkolben nach.

»Verhalten Sie sich ordentlich und diszipliniert. Je früher Sie im Waggon Platz genommen haben, desto eher bekommen Sie zu essen und zu trinken«, schallte es aus dem Lautsprecher. Da war er wieder, dieser verbindliche Ton, der nun aber nicht mehr so recht mit der rüden Umgangsform auf dem Bahnsteig zusammenpaßte.

Langsam folgten die Versammelten den Aufforderungen der Wachleute und näherten sich den Waggons. Vor einer der Türen kam es zu einem Tumult. Eine Frau, die ungefähr dreißig Jahre alt war, schrie: »Da hinein? Da soll ich rein? Ja, glaubt ihr denn, ich bin verrückt geworden? Keiner kriegt mich da rein. Keiner!«

Ein Wachmann hielt sie fest und wollte sie in den Waggon schieben, aber sie wehrte sich heftig.

»Ich weiß genau, wo dieser Zug hinfährt.« Die Tobende

war Frau Zarum, die Frau eines Fleischers, der ihr Treiben wie paralysiert verfolgte. Er stand schon vor dem Einstieg zum Wagen, umringt von anderen Menschen.

Ein SS-Mann versuchte, die Frau festzuhalten, zog ihr dabei erst den Mantel, dann die Bluse vom Leib. Aber sie wand sich aus seiner Umklammerung und lief davon. Für einen kurzen Augenblick waren die Einsteigenden wie gelähmt. Sie starrten auf die junge Frau, die nun mitten auf dem Bahnsteig stand.

Henry Neumann hielt seiner Tochter Nina die Augen zu. »Das mußt du nicht sehen«, sagte er, »die arme Frau ist verrückt geworden.«

Zu denen, die das Geschehen fassungslos verfolgten, gehörten auch Ruth Zilberman und Albert Rosen, ein junges Paar Anfang Zwanzig. Albert ließ sich jedoch nicht lange ablenken. Er schob Ruth von der Menge weg und flüsterte ihr zu: »Komm, wir machen jetzt einen kleinen Spaziergang. Die Gelegenheit ist günstig.«

Ruth wußte sofort, wie er das meinte. Sie gingen zum Ende des Bahnsteigs und beobachteten, daß auf der angrenzenden Straße keine Aufpasser waren. Sie mußten jetzt eigentlich nur diese Straße überqueren und hinter einem Haus verschwinden …

Lea Neumann drückte ihrer Tochter Nina das Baby in den Arm und ging zu der tobenden Frau Zarum hinüber. Auf dem Weg dorthin hob sie die Kleidungsstücke auf und reichte sie der Frau.

»Bitte«, sagte Lea, »wegen der Kinder. Wir wollen ihnen doch die Angst nehmen.«

Statt nach den Kleidungsstücken zu greifen, klatschte die Frau in die Hände, als wollte sie die anderen auffordern, es ihr gleichzutun und mit ihr zu singen. Aber niemand tat ihr den Gefallen. Da wurde sie plötzlich ganz ruhig. Ihr Gesicht entspannte sich, und sie fing an, ein bekanntes Partisanenlied zu singen. Alle Augen waren jetzt auf sie gerichtet.

»Zog nischt keynmol az du geyst
den letsten veg, khotsh himlem
blayene farshteln bloye teg,
kumen vet nokh undzer
oyfsgebenkte sho. Z vet a poyk
tun undzer trot, mir zenen do.«

(»Sag niemals, daß du den
letzten Weg gehst, wenn bleierne
Himmel den blauen Tag verdecken.
Kommen wird noch
unsere ersehnte Stunde.
Mit einem Schritt wie ein
Paukenschlag sind wir da.«)

Gestapo-Oberst Klimpt ging zu ihr: »Nimm endlich deine Sachen und zieh dich an, du Judenschlampe«, herrschte er sie an.

Frau Zarum kümmerte sich nicht um ihn, sie sang weiter. Ihre Stimme wurde eindringlicher.

»Fun grinen palmen land biz vaytn
land fun shney, mir kumen an
mit undzer payn mit unser vey.«

(»Vom grünen Palmenland bis
zum fernen Land vom Schnee
kommen wir an mit unserem
Leid und unserem Schmerz.«)

»Ich sage es dir jetzt ein letztes Mal«, sagte Klimpt, »zieh dich an.«

Er schleuderte sie zu Boden. Sie kroch über den Asphalt, ihre Knie bluteten, auch ihr Gesicht war blutverschmiert. Trotzdem sang sie weiter.

»Un so gefaln iz farshpritst man
undzer blut, shprotsn vet dort
undzer gvure, undzer mut!«

(»Und der Feind verspritzt
unser Blut, Strotzen wird
dort unsere Kraft, unser Mut!«)

Als sie geendet hatte, sah sie beinahe triumphierend zu Klimpt auf. Der Gestapo-Oberst zog seine Waffe und erschoß sie, ohne zu zögern. Dann nahm er den Mantel der Toten und wischte sich damit das Blut von den Schuhen. In den Gesichtern der anderen zeigte sich blankes Entsetzen und schreckliche Angst.

»Los, jetzt ist das Theater zu Ende! Rein in die Waggons. Ihr seht ja, daß hier nicht lange gefackelt wird«, brüllte ein SS-Mann und schlug auf all jene ein, die noch wie gelähmt waren von dem, was sie gesehen hatten.

Albert und Ruth ahnten, daß dies jetzt ihre letzte Chance war, dem Transport zu entgehen. Noch immer sahen sie keinen Uniformierten am Ausgang.

»So, jetzt«, flüsterte Albert. Er griff nach Ruths Hand. Erst langsam, dann immer schneller werdend liefen sie los und erreichten die Straße. Dann hörten sie den Ruf, der sie erstarren ließ. »Halt, stehenbleiben!« Sie blieben unverzüglich stehen und drehten sich um. In unmittelbarer Nähe war ein SS-Mann postiert.

»Ihr wolltet euch wohl aus dem Staub machen, was?« brüllte er.

Mit dem Gewehr im Anschlag trieb er die beiden vor sich her, zurück auf den Bahnsteig. »Los, los, beeilt euch, auf Typen wie euch wartet der Oberst nur.«

Kurz darauf standen sie vor Klimpt.

»Melde gehorsamst, die beiden wollten türmen«, sagte der SS-Mann.

Klimpt forderte Crewes auf, die beiden auf der Stelle zu erschießen. Der war auch bereit, den Befehl sofort auszuführen. Doch bevor er die Waffe hob, hielt Klimpt ihn zurück. Er schien die Todesangst von Albert und Ruth regelrecht zu genießen. Er faßte Ruth unter das Kinn, hob ihr Gesicht empor und betrachtete es ausgiebig.

Nach einigen Sekunden sagte er: »Nicht erschießen! Werft

sie in den Waggon und laßt sie dort krepieren. Sparen wir zwei Kugeln.«

Die letzten Männer und Frauen wurden mit Gewalt in die Waggons geschoben, obwohl kaum noch Platz war. Die Türen wurden geschlossen und zusätzlich mit Draht gesichert. Ein kleines vergittertes Fenster bildete die einzige Licht- und Luftquelle für die Eingesperrten.

Der Zug setzte sich in Bewegung. Es war ein milder Frühlingsabend in Berlin.

Kapitel 2
Mit Witzesammlung und Smoking zum Transport

Angefangen hatte die Reise ins Ungewisse schon in den frühen Morgenstunden, unvorhergesehen und ungewollt von denen, die nun eingepfercht in den Waggons saßen oder standen.

In ihrer Wohnung in der Bleibtreustraße standen Henry und Lea Neumann am Fenster und blickten angespannt auf die noch dunkle, menschenleere Straße hinunter. Sie warteten auf jemand und konnten ihre Nervosität kaum voreinander verbergen. Auf dem Fußboden lagen drei aufgeklappte Koffer, die noch nicht ganz fertig gepackt waren. In einem dieser Koffer lagen zwei Puppen, ein paar Bilder und Bücher. Nina hatte die Sachen hineingelegt, bevor sie schlafen ging.

»Willst du einiges davon mitnehmen?« fragte Lea, nur um etwas zu sagen, und zeigte auf die vielen Trophäen, die ihr Mann als Boxer errungen hatte. Auch Fotos, Zeitungsausschnitte und Medaillen hingen an der Wand.

Henry schüttelte den Kopf. »Das ist unnötiger Ballast«, antwortete er leise.

Sie schwiegen. Warteten. Sie hatten beide Angst, daß irgend etwas geschehen könnte, was ihre Flucht noch verhinderte. Doch Henry wollte seine Furcht Lea nicht zeigen. Er nahm sie in die Arme und strich ihr behutsam über das dunkle, seidige Haar.

»Komm«, sagte er, und sie gingen Hand in Hand in das Zimmer, in dem Nina und David schliefen.

»Ihretwegen werden wir alles durchstehen, und ihretwegen dürfen wir auch die Hoffnung nicht aufgeben. Und wenn wir erst in Schweden sind ...«

Henrys Worte trösteten Lea kaum. »Aber wann kommt er denn?« fragte sie skeptisch. »Wann?«

»Ich weiß es nicht, aber er kommt ganz sicher. Er hat es mir versprochen. Die Zeit ist ja auch noch nicht ganz da. Außerdem ...«

»Außerdem?«

»Ich habe ihm eine Riesensumme gezahlt.« Henrys Mitteilung beruhigte Lea keineswegs, aber sie sagte nichts weiter. Sie gingen in das große gemütliche Wohnzimmer zurück und packten die Koffer fertig. Dann trugen sie behutsam die Kinder ins Schlafzimmer und legten sich mit ihnen ins Bett. Sie mußten ganz schnell bereit sein, wenn sich ihr Fluchthelfer meldete. Das Baby lag an Leas Brust, Nina im Arm ihres Vaters, der hellwach war. So nahm er als erster das Stottern eines Lastwagenmotors wahr. Nina öffnete kurz die Augen, zog dann den Arm des Vaters fester um sich und drückte sich noch stärker an ihn.

Voller Panik lauschte Henry dem Geräusch, das von der Straße heraufdrang. Er wußte, daß es nicht das erwartete Auto war, das sie in die Freiheit bringen sollte.

Lea war eingenickt, richtete sich aber rasch auf. Auch sie hatte etwas gehört. Mit weit aufgerissenen Augen schaute sie Henry an. Nina wurde wach und fragte ängstlich: »Was ist denn los, Mami?«

Inzwischen waren Lea und Henry aus dem Bett gesprungen und zogen sich in aller Eile Jacken über. Henry stürzte ans Fenster. Auf der Straße standen mehrere Lastwagen, von denen Gestapomänner herabsprangen und auf die Häuser zustürmten. Entsetzt drehte er sich um.

»Was ist denn nur, Mami?«

»Beruhige dich, Ninale«, sagte Lea, »wir gehen weg von hier. Alles wird gut. Komm, zieh dich an, aber nur die ganz warmen Sachen, ja?« Sie wandte sich an ihren Mann und fragte leise, aber mit Zorn in der Stimme: »Wie ist denn das möglich?«

Noch bevor Henry antworten konnte, wurde die Wohnungstür eingetreten und mehrere Uniformierte stürmten herein, Gewehre im Anschlag. Nach ihnen kam ein Leutnant in den Raum.

»Henry Neumann?« fragte er.

Henry nickte. Nina versteckte sich hinter ihrem Vater.

»Keine Angst, Kleine«, sagte der Leutnant, der sich ganz jovial gab. Mit einer leichten Handbewegung wies er die Gestapoleute an, die Gewehre zu senken. »Ihr kommt an einen sicheren Ort, wo Vater und Mutter arbeiten werden, um ihrer Heimat in Zeiten des Krieges zu helfen.« Er zeigte auf die Koffer. »Die habt ihr ja schon gepackt«, fügte er mit einem breiten Grinsen hinzu.

Nina gab nicht so schnell auf. »Warum können meine Eltern denn nicht hier in Berlin helfen?« fragte sie mit unschuldigem Augenaufschlag.

»Weil's dort, wo ihr hinkommt, viel sicherer ist, Kleine. Auf Berlin fallen zur Zeit zu viele Bomben.« Er lachte. Als er sich an Lea und Henry wandte, war jede Freundlichkeit aus seiner Stimme verschwunden. »Und jetzt ein bißchen Tempo!« herrschte er sie an.

Die Gestapomänner trieben die Familie auf den Flur hinaus und die Treppen hinunter.

Die Neumanns wurden auf die Ladefläche eines Lasters verfrachtet, auf der schon mehrere andere Familien standen oder hockten. David fing an zu schreien, und Lea versuchte, ihm die Brust zu geben, aber der Kleine ließ sich nicht beruhigen.

»Gib ihn mir, Mami«, sagte Nina. »Er mag seine große Schwester.« Tatsächlich hörte David sofort auf zu schreien und gab glucksende Geräusche von sich. Als Nina sie nachmachte, fing er an zu lachen. In der Nähe entdeckte Lea eine andere Mutter mit einem Baby. Es war Erika Friedlich, die Tochter von Dr. Samuel Friedlich, der zusammengesunken neben ihr saß. Sie war Mitte Dreißig, hochgewachsen und sehr dünn. Ihr Gesicht sah ausgemergelt und bleich aus. Sie lächelte Lea an.

»Sie haben Glück«, sagte sie leise, »Ihr Kleiner hat eine große Schwester.«

»Sind Sie allein?« erkundigte sich Lea.

Erika schüttelte den Kopf und zeigte auf den Mann neben ihr. »Mein Vater, Dr. Friedlich.« Der ältere Herr zog kurz den Hut, um sofort wieder in die alte Haltung zurückzusinken.

»Wir sind Familie Neumann«, stellte Lea sich vor. Sie deutete auf das Baby. »Wie heißt es denn?« wollte sie wissen.

»Aaron«, antwortete Erika.

Der Lastwagen setzte sich mit einem Ruck in Bewegung.

Gabrielle Hellman, eine deutsche Jüdin, und Jakob Noschik, ein rumänischer Jude, waren gerade auf einen anderen Lastwagen gestoßen worden. Der kleine Mann mit dem Clownsgesicht war Sänger und Tänzer, und Witze konnte er auch wunderbar erzählen. Bei seinen Auftritten, die meistens vor ausverkauftem Haus stattfanden, hatte ihn Gabrielle am Klavier begleitet. Nun waren sie schon lange mit Auftrittsverbot belegt, und nur zu Hause und ganz für sich allein sang er manchmal aus der »Rumänischen Hochzeit«, und Gabrielle spielte Klavier dazu. Zuletzt wollte sie es nicht mehr, und so sang Jakob ihr vor und begleitete sich selbst.

Das in die Jahre gekommene Pärchen hatte Arm in Arm im Bett gelegen, als lautstark gegen ihre Tür gepocht worden war. Gabrielle und Jakob fuhren aus dem Schlaf. Noch benommen stieg Gabrielle aus dem Bett und zog sich in aller Schnelle ihren Morgenmantel über. Auch Jakob war aufgestanden. Wieder wurde gegen die Tür gedonnert, und dann brüllte jemand: »Gestapo! Aufmachen! Oder wir brechen die Tür auf!«

Jakob öffnete und hatte die Hand noch an der Türklinke, als ihm ein noch sehr junger Offizier mit dem Gewehrkolben ins Gesicht schlug. »Ihr habt fünf Minuten Zeit zum Packen«, schrie er.

Gabrielle ging zu Jakob, um ihm das Blut abzuwischen.

»Fünf Minuten habe ich gesagt«, wiederholte der Offizier.

Die beiden zogen sich schnell an, dann begann Jakob mit dem Packen. Sorgfältig legte er ein paar lose Blätter in den kleinen Koffer.

»Die Witze!?« fragte Gabrielle ungläubig. »Du nimmst die Witze mit?«

»Jawohl«, antwortete Jakob, »und dazu meinen Smoking. Man kann nie wissen. Man kann wirklich nie wissen.«

Einer der Gestapoleute nahm die Blätter wieder aus dem Koffer und warf sie auf den Boden. »Die wirst du wohl nicht brauchen, Judenschwein.«

»Doch, doch«, sagte Jakob eifrig. »Ich kenne eine Million solcher Witze. Sie können mir ein Thema nennen, irgendeins, und ich liefere Ihnen den Witz dazu.«

Der Mann hob einige der Blätter wieder auf und begann zu lesen: »Die Alarmsirene heult. Alle rennen in den Luftschutzkeller, alle außer einem alten Mann ...«

»... der im ganzen Haus nach etwas sucht«, fiel ihm Jakob ins Wort. »Seine Frau schreit: ›Beeil dich, wonach suchst du denn?‹ – ›Nach meinem Gebiß natürlich‹, schreit der Alte zurück. ›Vergiß dein Gebiß‹, brüllt seine Frau, ›glaubst du denn, die bombardieren uns mit belegten Brötchen?‹«

Jakob strahlte über das ganze Gesicht, als er sah, daß der Mann die Blätter wieder in den Koffer warf.

Ruth Zilberman und Albert Rosen hatten sich kennengelernt, als Ruths Vater Hershel Zilberman seiner Tochter zum achtzehnten Geburtstag ein Schmuckstück schenken wollte. Es war ihr gar nicht recht gewesen, aber ihr Vater bestand darauf. Schließlich entschied sie sich für eine wunderschöne Goldkette mit einem Smaragd, und ihr Vater hatte gesagt, daß die Kette ihr immer Glück bringen werde.

Nun war Ruth wiedergekommen, um zu sehen, wie es dem

Juwelier Albert Rosen ging. Er hatte ihr gefallen, und umgekehrt war es nicht anders gewesen, so hatte sie zumindest gemeint.

Als sie vor dem Laden stand, erschrak sie. Die Scheiben waren eingeschlagen, Bretter waren vor die Fenster genagelt worden, die Eingangstür war verriegelt.

Eine Passantin wunderte sich, daß da jemand vor dem zerstörten Laden stand und fragte: »Wen suchen Sie denn? Den Halsabschneider Rosen? Der wohnt noch immer hier im Haus, dritter Stock, rechts.«

Also stieg Ruth die Treppen hinauf und läutete an der Tür. Albert war gerade dabei, Kleidungsstücke, Pelzmäntel, Schmuck und Nahrungsmittel in große Leinentaschen zu verstauen. In Panik lief er zu einem Loch im Fußboden und zog einen Teppich darüber. Es läutete erneut. Albert blickte durch den Spion und öffnete erleichtert die Tür. Er bat Ruth herein und entschuldigte sich für die Unordnung. Er werde demnächst umsiedeln, erklärte er verlegen.

»Ich wollte Sie eigentlich in Ihrem Laden aufsuchen«, sagte Ruth.

»Den Laden? Den gibt es für mich schon seit Ewigkeiten nicht mehr. Ich bin zwar nach wie vor der Besitzer, darf dort aber keine Geschäfte mehr machen. Sie wissen ja – die neuen Herren ...«

Ruth kramte in ihrer Handtasche und holte die Kette hervor.

»Warum tragen Sie die Kette denn nicht?« fragte Albert erstaunt.

Ruth kämpfte gegen Tränen an. »Mein Vater ... er ist gestern abgeholt worden. Ich will sie nicht mehr sehen.« Sie konnte die Tränen nicht zurückhalten. »Er hat immer gesagt, sie würde mir Glück bringen.«

Albert ging auf Ruth zu und nahm sie in die Arme. Und sie ließ es geschehen.

Als sie den Tumult auf der Straße hörten, lagen sie umschlungen unter einer Steppdecke. Rasch zogen sie sich an. Albert rollte den Teppich zurück und hob einige Bretter an. Durch dieses Loch konnten sie in das Versteck hinter der Holzwand klettern. Ruth nahm die Taschenlampe und kroch als erste hinein. Der Raum war gerade mal einen Meter breit, aber für Lebensmittel und Wasser war gesorgt. Auch die großen Leinentaschen waren darin verstaut.

Albert kroch hinterher, legte den Teppich über die Bodenbretter und brachte diese unter Mühen wieder in die Lage, in der sie vorher waren. Er konnte nur hoffen, daß der Teppich sich nicht verschoben hatte und tatsächlich die Bretter verdeckte. Als er in dem Versteck zwischen den Wänden angelangt war, drückte er Ruth ganz fest an sich. Sie zitterte, und er versuchte, sie mit einem Kuß zu beruhigen. Dann knipste er die Taschenlampe aus. Sie wagten kaum zu atmen, als sie in der Wohnung das Trampeln von Stiefeln hörten. Die Männer durchsuchten die ganze Wohnung, klopften mit Fäusten und Gewehren gegen die Wände.

Einen hörten sie rufen: »Keiner da. Warum noch Zeit vergeuden?«

Ruth und Albert konnten sich in der Dunkelheit nicht sehen, aber sie wußten, daß einer auf den anderen blickte. Erleichtert preßten sie sich aneinander, als sie plötzlich eine andere Stimme hörten: »Weil das hier keine echte Wand ist! Ich war nebenan. Und in der nächsten Wohnung auch. Alle haben denselben Grundriß. Nur dieser Raum nicht. Er ist kleiner.«

Noch einmal wurde gegen die Wand geklopft.

»Die hier ist falsch! Sie wurde nachträglich gezogen.«

Wieder und wieder wurde gegen die Wand geschlagen. Licht drang durch die so entstandenen Spalten. Ruth rückte noch näher an Albert heran, als könnten sie beide den Raum nach hinten vergrößern und doch entkommen.

Die letzten Reste der Wand wurden mit den Füßen niedergetreten, und dann zerrte man Ruth und Albert heraus und schleuderte sie zu Boden. Auch die Leinentaschen und die Vorräte wurden aus dem Loch geholt und inspiziert. Ruths Kleid war zerrissen, so daß sie versuchte, ihre bloße Brust zu bedecken.

Einer der Gestapoleute nahm einen Nerzmantel auf und warf ihn Ruth vor die Füße. »Hier, zieh an! Wird nicht mehr oft vorkommen, daß du Nerz trägst, du Judenflittchen.«

Verzweifelt unternahm Albert einen letzten Versuch, mit Ruth davonzukommen. Er bot den Gestapoleuten die Pelze an, die auf dem Boden verstreut lagen.

»Die behalten wir sowieso«, sagte einer von ihnen und fuchtelte mit einer Pistole vor Alberts Gesicht herum.

»Ich kann noch mehr besorgen, auch Edelsteine. Bitte lassen Sie uns gehen«, flehte Albert.

Der Mann hielt Albert die Pistole an die Schläfe. »Willst du mich beleidigen, Judenschwein?« fragte er und schlug Albert mit dem Pistolenknauf auf den Kopf, so daß er zu Boden fiel.

Mühsam rappelte Albert sich wieder auf. »Lassen Sie sie wenigstens laufen.« Er zeigte auf Ruth. »Sie kennt mich doch kaum. Wir sind kein Paar.«

Der Gestapomann ging nicht darauf ein, sondern schlug erneut zu. »Du Schwein«, brüllte er, »bereicherst dich auf Kosten deutscher Männer und Frauen!«

Ruth mischte sich ein. »Das stimmt nicht. Er kauft ihnen zu essen und verschenkt so und so das meiste ...«

»Ach, ich dachte, du kennst ihn kaum, Flittchen, den Heiligen. Wer sind denn deine Kunden, heiliger Jude?«

»Deutsche. Ob Christen oder Juden, ich unterscheide nicht ...«

»Halt's Maul!« Er versetzte Albert noch einen kräftigen Schlag ins Gesicht. Blut rann aus seiner Nase. »Und jetzt anziehen und raus mit euch!«

Dann trieben die Männer Ruth und Albert auf die Straße hinunter.

Sie wurden auf einen der letzten Lastwagen geschoben, die an diesem frühen Morgen zum Bahnhof Grunewald fuhren.

Kapitel 3
Ein Eimer Wasser für mehr als hundert Menschen

Erst nachdem sich der Zug in Bewegung gesetzt hatte, wurde den völlig verstörten Insassen klar, unter welchen menschenunwürdigen Umständen diese Fahrt vonstatten gehen würde. Viel zu viele waren in die Waggons hineingeschoben oder -geprügelt worden. Einige Ältere verloren das Gleichgewicht und stürzten trotz der Enge auf den Boden, andere stolperten über sie hinweg. Der Platz reichte nicht mal dafür aus, daß sich jeder hinsetzen konnte. Schreie wurden laut.

Gebete und Rufe nach Gottes Hilfe drangen auch aus dem Waggon, in dem sich die Familie Neumann befand. Lea Neumann und ihre Kinder saßen im hinteren Teil des mit Stroh ausgelegten Viehwagens gegen die Wand gelehnt.

»Laßt mich raus! Ich ersticke. Warum tut denn keiner was?«

»Machen Sie bitte Platz für meinen Mann, er ist schwer herzkrank.«

»Was haben wir denn getan, daß sie uns wie Tiere behandeln?«

»Weil sie selbst Tiere sind …«

»Wo fahren wir denn überhaupt hin?«

Eine Männerstimme antwortete: »Wo sollen wir schon hinfahren? Meinen Sie etwa, daß es eine Ferienreise wird? Nach

Auschwitz geht's. Das hab ich vorhin von einem Wachsoldaten gehört.«

AUSCHWITZ! Es war ganz still geworden. Man hörte nur noch das leise Weinen von Kindern.

Jakob Noschik, der kleine rumänische Sänger und Unterhaltungskünstler, beendete das Schweigen mit einem Witz, um das Entsetzen zu mildern, das die Menschen erfaßt hatte, als das Wort Auschwitz fiel.

Er posierte, als stünde er vor dem verehrten Publikum auf der Bühne, und begann mit seinem Witz: »Jüdische Opfer sollen erschossen werden. Der gutgelaunte SS-Sturmführer tritt auf einen Juden zu und schnarrt: ›Na, du siehst ja leidlich arisch aus. Ich will dir eine Chance geben. Ich habe ein Glasauge, das aber nicht leicht zu erkennen ist. Wenn du sofort richtig rätst, werde ich dich noch zurückstellen.‹ Ohne Zögern erfolgt die Antwort des Juden: ›Das linke!‹ – ›Woran hast du das erkannt?‹ – ›Es hat einen so menschlichen Ausdruck ...‹«

Niemand lachte.

»Hör doch auf damit, Jakob«, raunzte ihn Gabrielle an, »du merkst doch, hier ist keinem nach Witzen zumute!«

»Einen noch, Gabriellchen, ich will noch einen meiner Lieblingswitze erzählen! Also: Der alte Goldstein und der alte Cohn gehen zusammen über den Kurfürstendamm. Man schreibt das Jahr 1935. ›Was machste für e mises Gesicht?‹ fragt Goldstein. ›Soll ich nicht machen e mises Gesicht?‹ fragt Cohn zurück. Und nach einer Weile fügt er hinzu: ›Und außerdem is der Davidson gestorben.‹ Goldstein zuckt die Achseln: ›Nuja, wenn er sich kann verbessern.‹«

Erst lachte einer ganz zurückhaltend, dann schlossen sich andere an.

Jakob deutete eine leichte Verbeugung an und war ein wenig stolz. »Siehste, Gabriellchen, wir haben fast alles verloren, aber unseren Humor kann uns keiner nehmen. Außerdem wissen wir doch gar nicht genau, ob wir nach Auschwitz kommen. Warten wir erst mal ab.«

»Du weißt ganz genau, wohin sie uns schicken«, wandte Gabrielle ein.

»Ich habe keine Ahnung, nicht, bevor ich da bin. Und manchmal weiß ich auch dann noch nicht genau, wo ich bin.« Es sollte komisch klingen. »Das ist mir oft genug mit unseren Tournee-Orten passiert. Weißt du doch.« Er drehte sich um und sprach in den Raum: »Ich habe in so vielen Städten gespielt, habe sie sogar gezählt, mehr als 356 kleine und große waren es. Ich stand auf klitzekleinen und riesengroßen Bühnen. Und überall haben sie über den singenden und tanzenden Juden Jakob Noschik gelacht – bis auf diese Faschisten, die einzigen Menschen auf der ganzen Welt, die absolut keinen Humor haben.«

Einige der Älteren beteten, und eine sonore Stimme begann das »Shema Israel«:

»Shema Israel, Adonai Eloheinu,
Adonai Echad, Baruch Shem
kevod, malchuto leolam waäd.
We-ahavta ät Adonai eloheicha,
bekol levavcha uwechol
nafsheicha uwchol meodeicha.«

(»Höre, Israel, der Ewige,
unser Gott, der Ewige ist einzig.
Gelobt sei der Name
der Herrlichkeit seines Reiches
Immer und ewig.«)

Die Stimme gehörte einem auffallend frommen Mann, der in seinen Gebetsschal gehüllt war und Gebetsriemen trug.

Während des Gebets herrschte Ruhe, aber dann ging das Schieben und Drängeln wieder los. Alle versuchten, irgendwo eine Ecke oder einen Platz zu finden, um ihre wenigen Habseligkeiten abzustellen und sich selber setzen zu können. In dem Gedränge wurde Albert Rosen umgestoßen. Auf dem Boden liegend, fiel sein Blick auf zwei Eimer. Der eine war leer, der andere mit Wasser gefüllt. Fluchend stand Albert wieder auf und trat gegen die beiden Eimer.

»Seht euch das doch mal an«, rief er, »ein Eimer mit Wasser für uns alle!« Er nahm den leeren Eimer hoch: »Und das hier ist unsere Toilette. Ein Eimer für mehr als hundert Menschen!«

»O Gott«, stöhnte Erika Friedlich auf und fiel in Ohnmacht. Diejenigen, die um sie herumstanden, machten Platz, damit sie auf den Boden gelegt werden konnte. Das Baby rutschte ihr aus den Armen.

Ruth, Alberts Freundin, bahnte sich einen Weg zu Erika und nahm das weinende Baby auf. Albert hielt indessen nach Doktor Friedlich, Erikas Vater, Ausschau. Doch der alte Mann stand am anderen Ende des Waggons und versuchte vergeblich, zu seiner Tochter zu kommen.

»Hat jemand Schnaps dabei?« rief Doktor Friedlich in die Menge.

Einer, der von der Ohnmacht nichts mitbekommen hatte, schüttelte den Kopf und murmelte: »Na, der hat vielleicht Sorgen.«

Albert hatte tatsächlich Schnaps bei sich, und er stand ganz in der Nähe der Ohnmächtigen. Er holte die Flasche aus seiner Brusttasche und benetzte Erikas Lippen mit einigen Tropfen Branntwein.

Langsam kam Erika wieder zu sich. Sie schaute sich angstvoll um und fragte: »Mein Baby? Wo ist mein Baby?«

Henry Neumann beruhigte sie: »Keine Angst, das Baby ist gut aufgehoben.« Er deutete auf Ruth Zilberman.

»Kann mir jemand etwas Wasser geben?« fragte Erika, während sie sich aufrichtete. »Es gibt doch hier im Zug Wasser.«

Albert deutete auf den Eimer. »Da, das soll für uns alle reichen ...«

Zwei ältere Frauen unterhielten sich tratschend über Erika. »Hat sie denn keinen Mann?« fragte die eine.

»Gehabt«, antwortete die andere. Sie schien die Familiengeschichte der Friedlichs gut zu kennen.

»Und, was ist aus ihm geworden?«

»Schwanger ist sie geworden, und er ist abgehauen. Ein Goi ...«

»Armes Kind.«

»Armer Dr. Friedlich kann man auch sagen. Jetzt muß er sich um sie und das Kind kümmern. Seine Frau ist schon vor längerer Zeit gestorben.«

»Eigentlich sind sie alle drei arm dran. Ein Kind, das ohne Vater aufwachsen muß ...«

Albert Rosen hatte Henry Neumann längst erkannt. Als sie nun dicht beieinander standen, sprach er ihn an: »Sie sind doch Henry Neumann, der große Boxer. Ich habe Sie mal im Sportpalast gesehen. Da war ich noch ziemlich jung. Ich erinnere mich, daß Ihr Gegner nach fünf Runden auf den Brettern lag – und Sie wurden von allen gefeiert.«

»Ja«, sagte Henry nachdenklich, »aber das war in einem anderen Leben. In einem ganz anderen Leben. Das änderte sich mit meinem letzten Kampf. Ich kann mich noch gut an ihn erinnern ...«

Ein Gong ertönt. Der überfüllte Saal ist voller Rauch. Im Boxring stehen sich der schlanke Henry Neumann und Fritz Melling, ein etwas kompakterer Typ, gegenüber.

Melling holt mit seiner Rechte aus. Henry duckt sich, schlägt zurück und trifft Mellings Magen. Dann versetzt er ihm gleich noch einen Kinnhaken. Mellings Gesicht blutet. Die Menge jubelt, aber verstärkt werden Buhrufe laut. Sie kommen von Männern in braunen Hemden mit Hakenkreuzbinden. Einer schreit: »Juda verrecke!«

Unbeirrt umtänzelt Henry seinen Kontrahenten und landet Schlag um Schlag. Eine weitere Rechte trifft Mellings Nieren und die Linke die Schläfe des Gegners. Dann liegen beide im Clinch, und der Ringrichter trennt sie. Noch bevor das Zeichen zur Fortsetzung des Kampfes kommt, versetzt Melling seinem Kontrahenten einen Schlag in den Unterleib. Die Menge buht.

Die Braunhemden brüllen vor Begeisterung und trampeln mit den Füßen. Melling grinst und winkt seinen Anhängern zu.

Henry antwortet mit einem kräftigen Kinnhaken und ist nun nicht mehr zu halten. Sein Gegner sieht sich einem Trommelwirbel von Schlägen ausgesetzt und geht zu Boden, schlägt mit dem Gesicht auf. Der Ringrichter zählt ihn an, aber Melling kommt nicht mehr hoch. Henry hat den Kampf gewonnen.

Im Publikum sitzt Lea, die mit seinen Anhängern aufspringt und applaudiert. Die Braunhemden verlassen enttäuscht und wütend den Saal. Einer von ihnen ruft: »Das war dein letzter Sieg, du Judenschwein.«

»Sagen Sie, Herr Neumann, sind Sie nicht auch der Meinung, daß wir gegen das Chaos hier was machen müßten?« fragte Albert. »Sonst schlagen wir uns alle noch die Köpfe ein. Es müßte jemand sein, auf den man hört, und Sie kennt doch fast jeder. Sie würde man respektieren.«

Henry sah zu seiner Frau und den beiden Kindern hinüber, und ihm war klar, daß er das nicht tun würde.

»Auf keinen Fall«, erklärte er sehr bestimmt, »bei der ersten Gelegenheit, die sich uns bietet, haue ich mit meiner Familie ab.«

Seltsamerweise hatte Henry Vertrauen zu dem jungen Mann und spielte deshalb mit offenen Karten. Er war trotzdem nicht wenig überrascht, als Albert ihm gestand, etwas Ähnliches vorzuhaben.

»Ich habe ein Sägeblatt und eine Axt in meinem Koffer«, erzählte ihm Albert. »Und nun suche ich Leute, denen ich vertrauen kann und die uns helfen, hier herauszukommen.«

Henrys Antwort kam spontan: »Mit mir können Sie rechnen, aber allein werden wir es nicht schaffen. Es müßten noch ein paar mitmachen.«

»Gut, ich werde mich mal umschauen. Man muß ja vorsichtig sein«, erwiderte Albert.

Es dauerte nicht lange, und Albert und Henry standen mit den Brüdern Gerber zusammen. Dory Gerber war zwar kräftig gebaut, aber ziemlich klein, während sein Bruder Manny ein Kerl wie ein Kleiderschrank war. Sie hatten beide ein gutmütiges Gesicht und ein freundliches Wesen, was sich auch darin gezeigt hatte, daß sie den Kranken und Älteren bereitwillig beim Einsteigen geholfen hatten. Sie waren rasch einverstanden, mitzumachen, als sie von Alberts und Henrys Plänen hörten.

Lea rief Henry zu: »Ich brauche etwas Wasser.«

»Ich auch«, sagte Erika Friedlich.

Albert schöpfte eine kleine Menge mit der Tasse einer Thermosflasche aus dem Eimer.

»Moment mal«, wandte ein älterer Mann Ende Siebzig ein, der aber noch recht rüstig schien. Er stellte sich als Kurt Silberstein vor. »Wir müssen ganz genau Buch führen, wer wann Wasser kriegt und wie viel.«

Eine Frau tauchte hinter ihm auf, und er stellte sie als seine Frau Rosa vor. Vorwurfsvoll sagte sie zu Albert: »Nur weil Sie zufällig neben dem Eimer stehen, können Sie sich doch nicht einfach bedienen. Das Wasser gehört allen.«

»Die Frauen stillen doch«, erwiderte Albert ruhig, »sie brauchen jetzt Wasser.«

»... und ich bin siebzig Jahre alt«, wetterte Rosa Silberstein,

»mein Mann ist fast achtzig. Und der Herr da hinten zum Beispiel ist zuckerkrank. Jeder von uns braucht Wasser.«

Henry hörte sich das eine Weile an, dann stellte er sich auf einen Koffer, damit ihn auch alle sehen konnten, und sagte: »Beruhigen Sie sich doch bitte. Wir werden eine Regelung finden.«

Frau Silberstein ließ nicht locker. »Na klar, nachdem die beiden jungen Frauen erst mal versorgt sind. Dann soll es eine Regelung geben, doch dann gibt es vielleicht nichts mehr zu regeln …«

»Ich weiß, daß einige von Ihnen zu essen und zu trinken mithaben«, erklärte Henry, »die sollten so lange nicht von diesem Wasser trinken, bis ihr eigenes aufgebraucht ist.«

Doktor Friedlich mischte sich ein: »Was macht denn das für einen Unterschied? Das Wasser hier reicht vielleicht gerade mal bis morgen früh. Ein paar Liter für mehr als hundert Menschen.«

Henry ließ sich nicht beirren. »Wenn die Frauen aber keine Milch mehr haben, sterben ihre Babys. Hat jemand etwas dagegen, daß die beiden stillenden Mütter etwas zu trinken bekommen? Und gibt es außer Erika Friedlich und meiner Frau noch eine Mutter, die stillt?«

Niemand meldete sich, aber im ganzen Waggon machte sich unwilliges Gemurmel breit. Immerhin bekamen Lea und Erika etwas Wasser. Lea ließ zuerst Nina einen Schluck nehmen, bevor sie selber trank.

Während die kritische Situation halbwegs gemeistert wurde, hatten sich die Gerber-Brüder schon an die Arbeit gemacht. Der Plan war, ein Loch in den Boden zu schlagen, um bei einem Halt des Zuges zu flüchten. Manny hielt mit seinem breiten Rücken die anderen zurück. Dory und nun auch Albert und Henry knieten vor ihm und untersuchten die Beschaffenheit des Holzbodens unter dem Stroh. Albert stellte fest, daß das Holz hart wie Stahl war.

»Die Bretter sind mindestens acht Zentimeter dick, da kommen wir nie durch.« Er zeigte auf die Fenster. »Wir sollten die Eisenstangen durchsägen.«

»Und was dann?« fragte Manny.

Jakob Noschik mischte sich ein. Er hatte alles mit angehört. »Ihr holt euch einen kleinen Burschen«, sagte er und deutete auf einen Jungen von etwa vierzehn Jahren. »Der steigt durchs Fenster und klettert draußen am Waggon entlang. Mit seinen dünnen Fingern kann er sich in den Ritzen festhalten. Dann kann er von außen die Tür öffnen, und wir springen alle raus.«

Albert drehte sich erstaunt zu ihm um und meinte nach einigem Überlegen: »Ich werde mit dem Jungen und seinen Eltern sprechen.«

Kurz danach stand er vor der Familie.

Kaum hatte der junge Izzie Perles gehört, um was es ging, rief er fast begeistert: »Ich bin einverstanden!«

Seine Mutter Sylvie verpaßte ihm eine heftige Ohrfeige und sagte: »Wer hat dich gefragt?« Und zu Albert gewandt, fügte sie hinzu: »Die Antwort lautet nein. Und nun verschwinden Sie!«

Vater Avram rief Albert hinterher: »Ich warne Sie. Wenn Sie sich uns noch einmal nähern, bringe ich Sie um. Haben Sie mich verstanden?«

Die Perles waren eine große Familie: Izzie hatte noch die Schwestern Minnie, Nora und Dot. Auch sie blickten Albert feindselig hinterher.

Als Henry zu seiner Familie zurückkehrte, fiel ihm auf, daß seine Tochter extrem verstört wirkte.

»Was ist los, mein Engel?« fragte er Nina und gab gleich selbst die Antwort: »Ich weiß, du mußt hungrig sein. Wir haben ja auch ein bißchen was mit, aber wir sollten noch etwas warten, bevor wir essen.«

»Ich bin nicht hungrig ...«, sagte Nina.

»Was ist denn sonst los?« wollte Henry wissen.

Lea schaltete sich ein: »Sie muß mal!«

Nina guckte verlegen nach unten und sagte: »Schon zu spät.«

Lea tröstete sie und gab ihr Sachen zum Wechseln. Ruth, Erika und Gabrielle hatten die Situation mitbekommen und bildeten für Nina mit ihren Mänteln eine Art spanische Wand, damit sie sich dahinter umziehen konnte und sich vor den anderen nicht schämen mußte.

Inzwischen hatten so gut wie alle im Wagen ihre Mäntel und Jacken ausgezogen. Auch Jakob, der meinte: »Hier ist es heiß wie im Hades. Mal schwitze ich, mal ist mir auch wieder kalt – hat das vielleicht was mit meinem Alter zu tun? Bin nur froh, daß ich meinen Geruchssinn verloren habe.«

Es hatte sich bereits ein ätzender Gestank breitgemacht.

Doktor Friedlich sah Jakob vorwurfsvoll an und sagte: »Wenn wir kein Wasser bekommen, sterben wir. Wollen Sie darüber nicht auch einen Witz reißen?«

»Ach, wissen Sie«, erwiderte Jakob gelassen, »die richtig

guten Witze heb' ich mir noch auf. Die Zeit dafür wird schon noch kommen.«

Diejenigen, die Proviant mitgebracht hatten, aßen davon in kleinen Portionen. Wer nichts hatte, guckte neidisch zu. Jakob konnte sich nicht verkneifen, an die Lautsprecherdurchsage auf dem Bahnhof zu erinnern, und wiederholte sie: »Bitte haben Sie etwas Geduld, Sie bekommen im Zug zu essen und zu trinken.«

Keiner lachte. Die Gruppe wirkte völlig apathisch. Seit zwölf Stunden waren sie nun schon eingepfercht, und Schlaf gefunden hatte kaum jemand. Aber alle schreckten hoch, als der Zug plötzlich anhielt. Er war in einen Bahnhof an der deutsch-polnischen Grenze eingefahren. Auf dem gegenüberliegenden Gleis stand ein Personenzug. Reisende stiegen aus, andere ein, nur wenige sahen auf die Juden an den Fenstern der Viehwaggons. Die meisten wandten den Blick ab.

Anders eine Nonne, die mit einer Gruppe Kinder am Fenster des anderen Zuges stand und mit versteinertem Gesicht den Blickkontakt zu den Juden suchte. Die Gefangenen schlugen mit den Fäusten gegen die Waggonwand und schrien verzweifelt: »Wasser! Wir brauchen Wasser und Essen! Gebt uns Wasser. Wir verdursten!« Und: »Hier sind Kinder. Gebt uns doch wenigstens Wasser für unsere Kinder!«

Die Nonne bekreuzigte sich, dann stieg sie mit ihrer Kindergruppe aus und ging ohne einen Blick zurück über den Bahnsteig.

Der Zug fuhr ab, doch die Schreie nach Wasser waren noch nicht verstummt.

Schichtwechsel! Auf dem Bahnsteig trafen sich die deutschen Zugführer Wagner und Grolsch mit den polnischen Kollegen Jerzy und Marian, die sie ablösten.

»Ausnahmsweise mal pünktlich, meine Hochachtung«, rief Jerzy fröhlich.

Wagner reagierte weniger fröhlich: »Halt's Maul«, sagte er und zeigte auf Grolsch: »Sein Jüngster ist gerade erst gefallen. Zwei Söhne hat er schon verloren.«

Marian sprach ihm sein Beileid aus, und Jerzy sagte viel leiser: »Ich habe auch einen Sohn verloren, schon in der ersten Kriegswoche.«

Die beiden Männer sahen sich an. Keiner wußte, was er sagen sollte.

Wagner legte seinen Arm um Grolsch und ging mit ihm zur Bahnhofsbaracke hinüber. »Jetzt brauchst du erst mal einen kräftigen Schluck«, meinte er kumpelhaft. Auf dem Weg zur Baracke fragte er ihn: »Warum, zum Teufel, hast du dir denn nicht ein paar Tage freigenommen?«

»Ich hab's ja versucht. Die konnten keinen anderen Heizer finden. Das muß man sich vorstellen: Drei Söhne sind im Krieg geblieben, und ich bekomme nicht mal vierundzwanzig Stunden frei.«

Kapitel 4
Die Angst – jetzt hat sie eine neue Dimension

Die Schreie der Verzweifelten drangen aus allen Waggons, und sie wurden immer lauter.

Jerzy und Marian standen auf der Lok. Marian schien von den Hilferufen sehr betroffen zu sein. »Komm, laß uns abfahren«, sagte er zu seinem Kollegen, »je schneller wir wegkommen, desto schneller sind wir wieder zu Hause.«

»Wozu denn die Eile?« fragte Jerzy, »heiratest du deine Maria jetzt doch? Ich kann dir sagen: Mach es, das wird dir guttun. Sie ist genau die Richtige für dich. Sie wird Ruhe in dein Leben bringen.«

Marian ignorierte Jerzys Worte und begann, Kohlen in den Kessel zu schaufeln. Sein junges Gesicht war rußverschmiert

»Maaannnnnnn, hast du eine Laune! Scheinbar willst du sie gar nicht heiraten, oder hat sie einen anderen?«

Marian unterbrach seine Arbeit, drehte sich zu Jerzy um und sagte: »Ich kann sie nicht heiraten. Sie ist abgeholt worden!«

»Abgeholt? Deine Maria? Wer hat sie denn abgeholt?«

»Sie heißt nicht Maria. Sie heißt Miriam. Sie ist Jüdin. Und jetzt weißt du, wer sie abgeholt hat.«

Jerzy konnte es nicht fassen. Um Marian auf andere Gedanken zu bringen und ihn ein wenig versöhnlicher zu stimmen, holte er eine goldene Armbanduhr aus seiner Jackentasche.

»Schau mal, Marian, von meiner letzten Fahrt. Hat mir ein Jude gegen Brot eingetauscht.«

Er klappte den Boden der Uhr auf und nahm ein Foto heraus, das eine Frau und drei Kinder zeigte. »Sieht doch gar nicht so schlecht aus, die Jiddenfamilie, oder?«

Marian warf einen flüchtigen Blick auf das Foto und schwieg verbittert.

Draußen fielen zwei Schüsse. Einer zur Warnung in die Luft, um das Schreien zu beenden. Der zweite wurde gezielt in den Waggon abgefeuert, in dem sich Henry und Lea, Jakob, Gabrielle, Albert, Ruth und die vielen anderen befanden. Eine alte Frau wurde tödlich getroffen, ihr Blut spritzte auf Ninas Kleidchen. Das Kind fing sofort an zu schreien, während alle anderen still und wie erstarrt auf die tote Frau blickten, die im Stehen getroffen worden war und nun mit aufgerissenen Augen auf dem Boden lag. Ruth zog der Toten den Mantel aus und deckte sie damit zu. Henry und Albert trugen den Leichnam in eine Ecke.

Gabrielle fordert die Männer auf: »Ihr solltet wenigstens das Kaddisch sprechen.«

»Ja, das sollten wir tun«, sagte Jakob.

Der Zug fuhr an, und der fromme Mann begann mit anderen Männern das Kaddisch:

»Yisgadal weyiskadosh, shemei rabah, be-olmo divro chirusay veyamlich malchusay bechayaychon uve-yomaye-chon uvechayay de-chol bais Israel, baagolo u vizman koriv, ve-imru Amein …«

(»Erhoben und geheiligt werde sein großer Name auf der Welt, die nach seinem Willen von Ihm erschaffen wurde. Sein Reich soll in eurem Leben in den eurigen Tagen und im Leben des ganzen Hauses Israel schnell und in nächster Zeit erstehen. Und wir sprechen: Amen.«)

Die kleine Nina zitterte immer noch am ganzen Körper.

Henry nahm sie in den Arm: »Du weißt, was du tun mußt, wenn du sehr große Angst hast?« Nina sah ihren Vater fragend an. »Du mußt das Shema Israel sagen, das hilft immer. Shema Israel adonai elo heinu, adonai echad …«

Nina setzte das Gebet fort.

Albert hatte inzwischen wieder mit dem Sägen angefangen. Das Geräusch klang für Jakob wie das Zirpen von Grillen. Er sah auf die Hände der toten Frau, und dann betrachtete er Gabrielles Hände, die ihn vor so vielen Jahren in den Bann gezogen hatten …

Jakob ist Ende Zwanzig. Er schlendert, eine Melodie pfeifend, durch den Park. Grillen zirpen. Er hört Hundegebell und sieht einen Winzling, an der Leine geführt von einer jungen hübschen Frau. Es ist Gabrielle Hellman. Sie versucht, den kläffenden Hund zu beruhigen. Jakob bückt sich, aber das Tier schnappt nach ihm.

»Wie heißt er denn, der Süße?« fragt er, »Jack The Ripper?«

Gabrielle entgegnet schnippisch: »Er ahnt wohl, wem er trauen kann und wem nicht.«

»Passen Sie mal auf«, sagt Jakob, »in ganz Berlin gibt es keinen Hund, der mich nicht liebt.« Er nimmt aus seiner Tasche, die er bei sich trägt, ein belegtes Brötchen, bricht ein Stück davon ab und reicht es dem Hund. Der bellt einfach weiter.

Jakob beginnt eine Melodie zu summen. Immerhin beruhigt sich der Hund und frißt das Stück Brötchen. Um Gabrielle zu gefallen, singt Jakob jetzt laut: »Das ist der Frühling, das ist der Frühling, das ist der Frühling von Berlin. Wo zwischen Flieder und Jasmin die allerschönsten Mädchen blüh'n …«

Gabrielle unterbricht ihn: »Sie müssen mir nicht imponieren, ich weiß, wer Sie sind.«

»Ohhh, ein Fräulein Griesgram! Ihr kleines Monster will mich auffressen, und das Frauchen will mir nicht mal zuhören. Ich kann es ja mal mit einem anderen Lied versuchen: »Heut' ist der schönste Tag in meinem Leben. Ich fühl zum erstenmal: Ich bin verliebt …«

Gabrielle lacht herzhaft, und Jakob sagt: »Jetzt, wo sie mir das Herz gebrochen hat, lacht sie auch noch.«

Er blickt auf ihre schönen Hände, nimmt sie in seine und schwärmt: »Seht euch das an. Das können doch nur die Hände einer Klavierspielerin sein. Spielen Sie?«

»A bissele.«

Nach kurzer Zeit hielt der Zug wieder und setzte zurück auf den Bahnhof. Vom Fenster des Waggons aus sah man, wie Arbeiter eine Weiche umlegten. Dann fuhr der Zug auf ein Nebengleis.

Untersturmführer Crewes herrschte den Bahnhofsvorsteher an: »Was ist los? Warum haben wir angehalten?«

»Tut mir leid, Truppentransporte. Die haben immer Vorfahrt, belegen alle Schienen.«

»Und wie lange kann das dauern?«

»Keine Ahnung! Stunden. Tage. Züge an die Front und von der Front. Da müssen Sie warten. Anweisung ist Anweisung.«

»Verfluchte Scheiße«, entfuhr es Crewes, »mit dem Judenpack hat man doch nichts als Ärger.«

Nur wenige Minuten später hielt ein Militärzug an, Uniformierte stiegen aus, und ein Offizier übergab Crewes einige Papiere.

Jakob beobachtete die Szenerie. Gabrielle sah seinen ernsten Blick und fragte: »Was ist denn nun wieder los, Jakob?«

»SS und Ukrainer!«

»Und das heißt?«

Inzwischen drängten sich mehrere Leute um Jakob, erpicht darauf zu erfahren, was das denn nun wieder bedeuten könnte. Jakobs Gesicht ließ nichts Gutes ahnen: »Die Ukrainer – das sollen wahre Teufel sein«, meinte er, »wir können nur zu Gott beten, daß sie nicht unsertwegen hier sind. Die machen alles, was man ihnen befiehlt und die SS nicht machen will. Und sind dabei besonders brutal.«

Im Waggon sank die Stimmung auf den Tiefpunkt, zumal Henry den anderen von dem Gespräch berichtete, das er belauscht hatte: »Sie haben gesagt, daß es Tage dauern könnte, bis wir weiterfahren ...«

Brütende Hitze herrschte, so daß die Luft im Waggon

überaus stickig war. Einige Frauen hatten sich ihrer Oberbekleidung entledigt und saßen in Unterwäsche da. Nach und nach schwand bei den meisten das Schamgefühl. Ein paar Männer entblößten ihren Oberkörper. Wie fein waren sie noch gekleidet gewesen, als sie sich am Gleis 17 des Bahnhofs Grunewald versammelt hatten. Und wie würdelos stellte sich ihr Äußeres nun dar. Schweiß, Urin, Fäkalien und Blut vermischten sich zu einem bestialischen Gestank.

Von draußen war Sägen und Hämmern zu hören. Albert wollte herausfinden, woher die Geräusche kamen, und schaute durch das Fenster. Er konnte nichts erkennen, aber dafür sah er, wie Männer mit Eimern auf die Waggons zugingen. Er drehte sich zu den anderen um, stammelte: »Wasser! Sie bringen Wasser!«

Kurz danach wurden tatsächlich die Türen geöffnet, und jemand reichte einen Eimer Wasser nach. Ein SS-Mann mit Gewehr im Anschlag rief: »Von mir hättet ihr verdammten Juden keinen Tropfen bekommen. Aber die vom Hauptquartier haben anders entschieden. Worum die sich alles kümmern! Na, egal, soll eben keiner behaupten, wir hätten euch schlecht behandelt.«

Viele Hände griffen gierig nach dem Eimer. Zwei junge Männer, Chaim und Gerhard, zerrten wie wild an ihm. Wertvolles Wasser schwappte dabei aus.

Henry schrie: »Hört endlich auf! Wir müssen das Wasser doch rationieren und nicht verplempern.« Noch während er sprach, kippten Chaim und Gerhard den Eimer versehentlich um. Das kostbare Nass floß über den Boden und sickerte durch das Stroh und die Ritzen im Holz auf den Schotter.

Henry bat um einen neuen Eimer.

»Wozu das denn?« fragte der SS-Mann zynisch. »Damit ihr den zweiten Eimer auch gleich auskippt?«

Die Türen wurden zugeknallt. Eine schreckliche Stille breitete sich im Waggon aus. Henry bahnte sich einen Weg zu den beiden jungen Männern und schlug vor Wut auf sie ein. Die Jungen wehrten sich, aber gegen den Boxer konnten sie nichts bestellen. Hilfe bekamen sie ausgerechnet von der kleinen Nina, die ihrem Vater auf den Rücken sprang.

»Papa, Papa«, rief die Kleine, »laß das sein! Ich habe solche Angst.«

Henry ließ von den beiden ab und zog seine Tochter an sich. »Entschuldige, Ninalein«, flüsterte er und küßte sie.

Erika Friedlich sah auf den leeren Wassereimer. Sie berührte den Rand und benetzte ihre Lippen. »Wir sterben hier drin vor Hitze. Wir brauchen Wasser. Fassen Sie mal meinen kleinen Sohn an, er trocknet völlig aus.«

»Mein Kleiner auch«, sagte Lea resignierend, »aber denen ist es doch völlig egal, ob wir krepieren.«

Erika schlug mit dem Kopf gegen die Wand. Wieder und wieder. »Gott hilf mir, Gott hilf mir, Gott hilf mir, Gott hilf mir, Gott hilf mir«, rief sie dabei ununterbrochen.

Vergeblich versuchte ihr Vater, sie zu beruhigen.

Gabrielle sprach leise auf sie ein: »Denken Sie an Ihren Sohn. Sie müssen damit aufhören. Für ihn. Vielleicht werden wir alle eines Tages zu den Glückskindern zählen. Wer weiß das schon. Man muß immer hoffen.«

Die Worte von Gabrielle brachten Erika endlich zur Besinnung, und doch wirkte sie verstört und abwesend.

Erneut versuchte Albert, herauszukriegen, woher das Hämmern und Sägen kam. Er verrenkte sich fast den Hals und sah, wie in etwa zweihundert Meter Entfernung Galgen aufgebaut wurden. Mit einem Wink machte er Henry und Jakob auf sich aufmerksam, die zu ihm ans Fenster traten. Was ging da bloß vor sich? Erst wurde das Wort nur geflüstert, dann breitete es sich wie ein Lauffeuer im Waggon aus.

Galgen. Galgen. Galgen.

Wieder war es Jakob, der versuchte, den anderen die Ängste zu nehmen.

»Nur keine wilden Vermutungen anstellen«, mahnte er. »Die haben genug andere, die sie hängen können. Dazu brauchen die uns doch nicht.«

Gabrielle schüttelte den Kopf: »Du und dein Optimismus!« Sie lächelte ihn an, während sie sich etwas Parfum an die Ohren tupfte. Damit konnte sie zwar nicht den schrecklichen Geruch im Waggon vertreiben, aber Parfums waren schon immer ihre Leidenschaft gewesen. Sie hatte mehrere kleine Fläschchen bei sich und forderte Nina und die anderen Mädchen auf, zu ihr zu kommen, um sie ein wenig abzulenken.

»Kommt, ich tupfe euch was an das Handgelenk, und ihr müßt raten, wonach es duftet.« Die Kinder waren mit Eifer dabei, während ihre Eltern dankbar auf Gabrielle blickten.

Nina schnupperte an ihrem Handgelenk: »Zitrone und Vanille? Oder Lilien? Oder Maiglöckchen?«

»Von allem ist etwas dabei«, sagte Gabrielle lachend.

Dann schickte sie die Kinder zu ihren Eltern zurück. Sie

beobachtete, wie sich Jakobs Lippen bewegten, als spräche er zu sich selber. Er schloß die Augen. Jakob kehrte in eine andere Welt zurück …

Gabrielle steht in der Garderobe. Sie trägt einen seidenen Schminkmantel, die Haare sind perfekt frisiert. Eifrig sprüht sie sich mit Parfum ein, dann überprüft sie mit der nassen Fingerspitze die Temperatur des Bügeleisens und beginnt, Jakobs Smokinghose zu bügeln. Smokinghemd und Fliege trägt er bereits. Er steht auf, geht zu ihr hinüber und küßt sie auf den Nacken. »Ein wundervoller Duft«, sagt er zärtlich. »Neu?«

»Von einem heimlichen Verehrer«, erwidert sie neckend.

Er hebt drohend den Finger. »Erzähl mir ja nicht, wer es ist. Du weißt, ich müßte ihn umbringen.« Lachend bereiten sie sich auf ihren Auftritt vor.

Jakob öffnete die Augen, die vor Erschöpfung und Schmerz brannten. Er sah Albert, Henry, Chaim und Gerhard heftig diskutieren, hörte Frau Silberstein schluchzen und klagen. Erika Friedlich versuchte, ihr Baby zu stillen. Nina hielt sich an Lea fest. Wieder schloß Jakob die Augen.

Er steht auf der Bühne des Jüdischen Theaters, das mit hundertfünfzig Zuschauern voll besetzt ist, und singt ein Lied aus der »Rumänischen Hochzeit«. Dazu tanzt er. Gabrielle Hellman begleitet ihn am Klavier.

Jakob Noschik ist auch diesmal großartig, und das Publikum ist begeistert. Am Schluß der Darbietung applaudieren die Zuschauer und erheben sich sogar von ihren Plätzen. Als der

Vorhang gefallen ist, sind es Schauspieler und Freunde, die klatschen, denn Gabrielle hat einen Kuchen mit vierzig Kerzen herbeigezaubert.

»Vierzig Jahre am Theater«, ruft sie fröhlich. »Was für ein schönes Jubiläum!«

Jakob tut so, als wäre er überrascht. »Ich hatte nicht die geringste Ahnung.«

»So? Dabei hast du dir den Kuchen doch selber ausgesucht.«

Alle lachen, und Jakob pustet die Kerzen aus. Gabrielle beginnt den Kuchen anzuschneiden, als die Luftsirenen losheulen. Die Einschläge der Bomben lassen die Wände des Theaters erzittern, und kurz darauf liegt es in absoluter Dunkelheit. Ein Streichholz wird angezündet. Keiner lacht mehr.

Albert blickte aus dem Fenster. Das Sägen und Hämmern ging immer noch weiter. Den Lärm von draußen nutzte Dory Gerber aus, um an den Gitterstäben des Fensters zu sägen. Das Sägeblatt ohne Griff hatte bereits die Handschuhe durchschnitten. Seine Hände bluteten, aber er hörte nicht auf.

In der beginnenden Dämmerung arbeiteten die Ukrainer im Licht großer Bahnhofslaternen. Irgendwann hörten die Geräusche auf. Henry und einige andere drängten sich an das Fenster, versuchten, etwas zu entdecken.

Wie aus dem Nichts traten plötzlich SS-Männer hervor. Sie trieben eine Gruppe abgerissener Partisanen vor sich her und überquerten ein Feld, das in Flutlicht getaucht war. Die Partisanen verschränkten ihre Hände über den Köpfen.

Die ersten, die so richtig begriffen, was das zu bedeuten hatte, waren Chaim und Gerhard, die sich innig umarmten. Wahrscheinlich hätten sie getanzt, wäre genug Platz gewesen.

»Sie werden uns nicht hängen!« jubelte Chaim, »sie hängen die Partisanen! Nicht uns.« Er küßte seinen Bruder. Henry umarmte Lea und Nina, Albert seine Ruth, Jakob seine Gabrielle. Erika preßte ihr Baby ganz fest an sich, und Doktor Friedlich küßte seine Tochter auf die Stirn.

Eine Welle der Erleichterung ging durch den Waggon, und für Minuten vergaßen alle ihre elende Lage. Sie lachten und weinten vor Freude. Erst als sie die Kommandos zur Hinrichtung hörten, hielten sie inne. Verlegenes Schweigen breitete sich aus, als ihnen bewußt wurde, daß sie über ihrer eigenen Freude das Leid der anderen vergessen hatten.

Henry beobachtete im schwachen Licht der Straßenlaternen, wie die Schlaufen um die Köpfe der Partisanen gelegt wurden. Befehle ertönten, dann wurden Kisten unter den Füßen der Opfer weggestoßen. Nicht lange danach wurden die Laternen gelöscht. Im Zwielicht der Abenddämmerung sah man die Gehenkten baumeln.

Die Aufregungen der letzten Stunden hatten alle im Waggon sehr mitgenommen. Sie versuchten, so gut es ging, in den Schlaf zu finden. Einige Familien standen aneinandergelehnt, andere hatten wenigstens noch einen Sitzplatz gefunden.

Aus ihrem Dämmerzustand wurden sie plötzlich wieder herausgerissen durch Stiefelschritte, die immer näher kamen, durch Grölen und lautes Singen. Es waren die Ukrainer, die sich nach der Hinrichtung mit Wodka vollaufen ließen. Sie waren außer Rand und Band und torkelten über den Bahnsteig. Einige schlugen mit dem Gewehrkolben gegen den Zug. Einer kletterte aufs Dach, ließ sich runterhängen und starrte durch das vergitterte Fenster auf die verängstigten Juden. Der Blick in die versteinerten und vom Leid gezeichneten Gesichter der Menschen schien ihn erst recht anzustacheln. Er lachte wie besessen, immer lauter. Dabei fuchtelte er wie wild mit seiner Waffe zwischen den Stäben hin und her. Zum Glück war er zu betrunken, um zu merken, daß einige Gitterstäbe angesägt waren. Aber plötzlich begann der Ukrainer in den Waggon zu schießen.

Auf einmal nahm die Angst eine völlig neue Dimension an. Die erste, die wie verrückt zu schreien anfing, war Frau Silberstein. Auch Avram und Sylvie Perles schrien los. Ihre Kinder hämmerten gegen die Wand und weinten bitterlich. Andere duckten sich aus Angst vor weiteren Schüssen. Nina versteckte sich unter dem Arm ihres Vaters. Doktor Friedlich versuchte vergeblich, die Menschen zu beruhigen.

Der Waggon verwandelte sich in ein Irrenhaus, als der Ukrainer wahllos weitere Schüsse abfeuerte. Draußen grölten und lachten die anderen weiter. Sie hörten auch nicht auf, als Untersturmführer Crewes den Bahnsteig entlanggelaufen kam und SS-Männer aus ihrem Waggon sprangen. Sie zogen alle ihre Waffen, auch Crewes. Er zielte auf den Ukrainer auf dem Dach und rief: »Sofort runterkommen! Seid ihr denn alle verrückt geworden?«.

Als der Mann auf dem Dach nicht reagierte, sondern hysterisch weiterlachte, schoß ihm Crewes eine Kugel in den Kopf.

Im Waggon lagen mehrere Verletzte in ihrem Blut, und niemand wußte, ob sie überleben würden. Noch ein paar Stunden bis Sonnenaufgang. Die Nacht des Grauens nahm kein Ende.

Kapitel 5
Der junge Izzie, der kein Held sein durfte

Am frühen Morgen setzte sich der Zug wieder in Bewegung. Diejenigen, die wach waren, empfanden eine gewisse Erleichterung, weil es nun endlich weiterging.

»Dann können wir uns ja wieder um das Fenster kümmern«, meinte Henry und begann auch sofort mit der Arbeit. Dabei sah er auf die weiten Felder, die bis zu den Birkenwäldern hinüberreichten, und ein Pärchen, das Hand in Hand spazierenging. Die junge Frau blickte zum Zug hinüber und entdeckte Henry. Sie nahm ihre Mütze ab, schüttelte das lange blonde Haar und winkte ihm zu. Zaghaft winkte er zurück. Für einen Moment kehrte in seinen Gedanken das normale Leben zurück …

Henry und Lea laufen Hand in Hand über eine Wiese.

Plötzlich reißt sich Lea lachend los und ruft: »Mal sehen, wer von uns mehr Ausdauer hat!« Dann ist sie auch schon weg. Er hat sie fast eingeholt, als sich Lea abrupt umdreht und ihm in die Arme fällt. Sie nimmt ihre Mütze ab und schüttelt ihr langes Haar. Beide schauen sich verliebt an und küssen sich.

»Na, geht's nicht weiter mit der Sägerei? Soll ich Sie ablösen?« fragte Albert.

Henry nahm das Angebot dankbar an, spürte er doch eine

ziemliche Erschöpfung, die er selbst gar nicht so recht wahrhaben wollte.

Er ging zu Lea, die müde aussah, und nahm ihr das Baby ab. Ruth lächelte, als sie den kleinen David in Henrys Armen sah.

Albert bemerkte das Lächeln und rief ihr zu: »Wir werden auch eines Tages ein Baby haben. Das verspreche ich dir.«

Ruth sah ihn liebevoll an: »Du errätst immer, was ich gerade denke … Wollen wir doch mal sehen, ob das auch jetzt klappt. Also, woran denke ich gerade in diesem Augenblick? Nun mal los, du Hellseher!«

»… daß wir heiraten, sobald wir das alles hinter uns haben«, sagte Albert spontan. Über eine Hochzeit hatten sie schon einmal gesprochen, das war, kurz bevor sie abgeholt worden waren.

Ruth und Albert liegen in seiner Wohnung auf dem Boden und lieben sich leidenschaftlich. Um sie herum ihre Kleidungsstücke, aber auch Nahrungsmittel und Leinentaschen, in die er Pelze und Schmuck gestopft hat.

Später sagt Albert zu ihr, und es klingt wie ein Schwur: »Wenn wir das nächste Mal miteinander schlafen, möchte ich, daß du schon meine Frau geworden bist. Wenn ich dich ansehe, möchte ich meine Frau ansehen. Wenn wir das Brot brechen, möchte ich es mit meiner Frau brechen.«

Albert setzte sein Sägen fort und wurde dann von Dory und Manny Gerber abgelöst.

Im hinteren Teil des Waggons saßen zwei Frauen, die sich völlig zurückhielten und die von anderen kaum wahrgenommen wurden. Frau Rosinski und Frau Salomon, beide Ende Fünfzig, hatten sich im Zug kennengelernt und waren sich auf Anhieb sympathisch gewesen. Sogar ihren mitgebrachten Proviant, Brot und Tee, teilten sie. Im Vergleich zu den anderen waren sie körperlich noch in guter Verfassung und wirkten ungewöhnlich gelassen, gerade so, als würde sie ihre unwürdige Lage nicht sonderlich überraschen.

»Wenn Sie mich fragen«, meinte Frau Salomon fast lapidar, »kommen wir nicht wieder zurück. Ich spüre das. Unsere Nachbarn, die Katzens und die Rosenthals, sind schon seit Monaten weg. Nie wieder was von denen gehört. Statt dessen haben wir irgendwann beobachtet, wie ihre Wohnungen leergeräumt wurden. Wertvolle Sachen waren dabei, und die, die dann einzogen, waren keine von uns.«

»Genau wie in unserem Haus«, stellte Frau Rosinski fest, »von einem Tag zum anderen waren vier Wohnungen leer. Keiner hat sich von uns verabschiedet. Ich war damals noch so naiv und habe meinen Mann gefragt: ›Warum tut denn niemand was? Warum erfahren wir nichts? Die Leute müssen doch irgendwo bleiben.‹ Da hat er gesagt: ›Natürlich kann man fragen, aber wer weiß, ob uns die Antwort gefallen würde. Im günstigsten Fall sind sie ins Ausland gereist.‹ Ich glaube, er wußte Bescheid und wollte mir keine Angst machen. Vielleicht hatte er selber die meiste Angst. Eines Tages brach er tot zusammen – das Herz. Ist ihm wenigstens das hier erspart geblieben.«

»Mein Mann war Zahnarzt«, erzählte Frau Salomon, »wir

hatten eine Praxis in der Reichsstraße in Westend, viele gutbetuchte Patienten kamen zu uns. Das Wartezimmer war immer voll. Mein Herbert war ein angesehener Mann, machte den Patienten Mut. Als 39 das Berufsverbot kam, brach für ihn eine Welt zusammen. Er zog sich völlig zurück, sprach mit niemandem ein Wort. Zwei Monate dauerte das. Dann nahm er sich mit Tabletten das Leben. Auf seinem Schreibtisch lag ein Zettel für mich: ›Verzeih mir‹ stand drauf. Mehr nicht. Er konnte das alles nicht begreifen und hatte einfach keinen Lebensmut mehr. Am Anfang habe ich es ihm richtig übelgenommen, daß er mich allein gelassen hat. Später habe ich das verstanden. Ich wäre ihm vielleicht sogar gefolgt, wenn da nicht meine Mutter noch gewesen wäre. Und jetzt ist sowieso alles egal.«

Frau Rosinski nickte nur und winkte ab. Fast unbeteiligt beobachteten die beiden Frauen die Vorgänge im Waggon.

»Ich hab's geschafft«, rief Henry plötzlich wie ein Triumphator. »Stellt euch vor, wir haben es geschafft!«

Zusammen mit Albert hob er die Stäbe heraus und hielt sie hoch wie einen Pokal.

Auf diesen Augenblick hatte der junge Izzie Perles die ganze Zeit gewartet. Er wollte sich auf den Weg durch die Menge machen – zum Fenster, aber seine Mutter hielt ihn zurück. »Du bleibst hier«, befahl sie ihm.

»Laß mich!« Izzie riß sich los. Auch sein Vater und die Schwestern versuchten, ihn zurückzuhalten, und stellten sich ihm in den Weg.

»Geht mir aus dem Weg«, schrie der Junge. »Ich will nicht wie ein Tier hier drin verrecken.« Er schaffte es, vorbeizukommen und ging zum Fenster hinüber. Als die Eltern merkten, daß sie ihn nicht aufhalten können, folgten sie ihm langsam. Dem Jungen war nicht beizukommen.

»Du weißt, was du zu tun hast«, sagte Albert zu Izzie.

Der Junge nickte. Manny und Henry hoben ihn hoch, und Izzie kletterte hinaus. Auf einer dünnen Kante an der Außenwand des Waggons fand er mit den Füßen Halt. Einen Moment lang waren seine Hände noch am Rand des Fensters zu sehen, dann sahen alle, die in der Nähe standen, wie Izzie seine schmalen Finger durch die Ritze steckte.

Seine Mutter folgte ihrem Kind im Innern des Waggons die Wand entlang, als wollte sie ihn auf diesem schweren Weg begleiten. Jedes Mal, wenn sie seine Hand sah, streichelt sie sie, während Tränen über ihre Wangen liefen.

Avram Perles schaute aus dem Fenster und sah zu, wie sein Sohn Schritt um Schritt vorwärts kam. Einmal rutschte Izzie mit dem Fuß ab, fing sich aber schnell wieder. Dann war er endlich an der Tür, begann, den dicken Draht zu lösen, und warf ihn in hohem Bogen weg.

Noch war es ziemlich dunkel, und es bestand kaum Gefahr, daß er aus dem SS-Waggon gesehen werden konnte. Izzie wußte aber, daß er sich beeilen mußte, auch den zweiten Draht aufzudrehen. Ein wenig stolz war er offenbar schon auf das, was er geleistet hatte. Er winkte jedenfalls fröhlich in Richtung des Fensters, wo er seine Eltern, aber auch Henry und Albert vermutete.

Immer noch hielt er sich nur mit einer Hand fest. Aber nun fuhr der Zug in eine scharfe Kurve, und Izzie verlor das Gleichgewicht. Er schlug einige Male gegen die Waggonwand, bevor er auf die Böschung hinabstürzte. Noch einmal hob er den Kopf und sah den Zug, dann sank er zurück.

Izzie war tot.

»Um Gottes willen, mein Izzie!« schrie der verzweifelte Vater, der das Unglück mit angesehen hatte. Er hörte nicht auf, seinen Schmerz hinauszuschreien. Seine Frau fiel mit einem leisen Stöhnen in Ohnmacht und brach über jene zusammen, die auf dem Boden hocken. Sie legten sie neben sich und schauten hilflos auf die Frau, die unbedingt hatte verhindern wollen, daß ihr Sohn sich auf dieses Wagnis einließ.

Avram Perles stürzte sich wie ein Besessener auf Albert und würgte ihn. »Zufrieden?« brüllte er, »seid ihr endlich zufrieden? Habt ihr unseren toten Sohn da draußen liegen sehen? Wofür mußte er sterben?« Er weinte bitterlich, während seine Hände Alberts Hals immer noch umklammerten.

Henry, Dory und Manny zerrten ihn schließlich von Albert weg. Haßerfüllt sah Avram die Männer an, dann ließ er sich auf den Boden fallen. Izzies Schwestern bahnten sich einen Weg zu ihrem Vater.

Lea bat Nina, das Baby zu halten. »Ich muß zu Frau Perles, möchte bei ihr sein, wenn sie aufwacht«, erklärte sie ihrer Tochter, die stumm das schreckliche Geschehen beobachtet hatte. Sie nahm David in den Arm. »Ich lese ihm was vor, wenn er weint«, sagte sie dann, und ein zaghaftes Lächeln zeigte sich auf ihrem Gesicht.

Kaum hatte sie es gesagt, fing David an zu weinen. Erst war es nur ein Wimmern, dann wurde es ein kräftiges Schreien. Nina griff nach ihrem Bilderbuch und blätterte es durch: Clowns, Feen, Ballettänzer, Prinzessinnen, Zwerge waren da zu sehen.

Endlich fand sie die Geschichte von Dornröschen. Sie hielt dem Kleinen das Buch vor die Nase und erklärte ihm: »Das ist Dornröschen. Sie ist eigentlich eine Prinzessin und wartet nur auf ihren Prinz, der ihr einen Kuß geben und sie aufwecken wird.« Sie küßte David, der sich bereits beruhigt hatte und nun sogar fröhlich gurrte. Er griff nach dem Buch und zerknüllte dabei ein paar Blätter. Als Nina versuchte, ihm das Buch wegzunehmen, fing er prompt wieder an zu weinen. Also ließ sie es ihm, bis er selber keinen Spaß mehr daran hatte und es ihm aus den Händen glitt.

Ruth begleitete Lea zu Sylvie Perles, die allmählich wieder zu sich kam. Sie blickte verstört um sich, richtete sich langsam auf und ging dann zu ihrer Familie hinüber.

»Laßt uns Shive sitzen«, sagte Avram, als sie sich neben den Kindern niedergelassen hatte, »soweit das unter diesen Umständen möglich ist.«

In stiller gemeinsamer Trauer lehnten sie sich gegen die Wand, von den anderen in Ruhe gelassen. Wer konnte, setzte sich von ihnen fort, um sie nicht zu stören.

Gabrielle schlief an der Schulter von Jakob. Auch Lea war vor Erschöpfung eingeschlafen. Nina dagegen war hellwach und beobachtete alles.

Albert ging zur Tür und versuchte, sie zu öffnen, aber es gelang ihm nicht. »Wir müssen es noch mal probieren«, sagte er, und schon stand Dory am Fenster. Henry und Albert wollten ihm helfen, durch die Öffnung zu gelangen, aber Dorys Schultern waren zu breit. Er steckte regelrecht fest, und es dauerte eine Weile, bis sein starker Bruder Manny ihn losbekam. Dory fiel ins Wageninnere zurück.

»Und jetzt?« fragte Henry und war so ratlos wie die anderen. Da meldete sich Ruth. »Ich mache es«, sagte sie, und das klang sehr energisch.

»Kommt gar nicht in Frage«, herrschte Albert sie an, »das erlaube ich nicht, hörst du? Ich erlaube es nicht! Nicht auch du noch!«

Aber Ruth gab nicht auf. »Ich kann es schaffen, das weißt du ganz genau. Sieh mich an.«

Albert versuchte es noch einmal. »Bitte, Ruth, laß es sein. Ich habe nur dich.«

»Wer könnte es denn sonst tun?« fragte sie und stellte sich ans Fenster. Sie küßte Albert, dann bat sie ihn, sie hochzuheben. Albert wußte, daß es keinen Zweck mehr hatte, sie von ihrem Vorsatz abzubringen, und so half er ihr widerstrebend, hinauszukommen. Auch Ruths Füße fanden an der schmalen Kante am unteren Teil des Waggons Halt, ihre Finger in Ritzen und kleinen Löchern im Holz. Sie vergewisserte sich mehrmals, ob sie einen sicheren Halt hatte.

Wie zuvor Sylvie Perles bei ihrem Sohn, folgte Albert nun Ruths Händen, wenn sie sie durch die Ritzen steckte, berührte sie zärtlich und voller Angst.

Obwohl der Fahrtwind ihr kühl ins Gesicht wehte, schwitzte sie. Ihre Finger wurden langsam taub, weil sie sich in den schmalen Spalten der Waggonwand nur krampfhaft festhalten konnte. Doch Schritt für Schritt kam sie weiter.

Plötzlich beleuchteten die Frontlichter eines entgegenkommenden Zuges die Schienen und erfaßten auch Ruths

Silhouette. Während der Passagierzug vorbeirauschte, sah Ruth den Kopf eines SS-Mannes aus dem Fenster des Wachwaggons hängen. Es machte den Einruck, als ließe er sich genußvoll den Wind ins Gesicht wehen, während draußen Wälder und Felder im ersten Morgenlicht vorbeiglitten.

Ruth preßte sich so fest an die Wand, als wollte sie in ihr verschwinden. Ihr kam es wie eine Ewigkeit vor, bis der Soldat seinen Kopf wieder zurückzog, aber sie wartete noch etwas, ehe sie weiterging. Ihr Herz klopfte wie wild, als sie endlich an der Tür war. Mit schmerzenden Fingern löste sie den zweiten Draht, den Izzie nicht mehr geschafft hatte.

Ein scharfer Luftzug drang in den Waggon, als Albert die Tür öffnete. Er zog Ruth hinein und riß sie in seine Arme.

»Ich habe noch nie in meinem Leben so flehentlich gebetet«, flüsterte er und strich ihr über das Haar.

Verbittert schaute Familie Perles auf die beiden. Ihre Trauer überschattete die Freude im Waggon über das gelungene Öffnen der Tür, die Albert rasch wieder schloß.

»Wir warten, bis der Zug in eine Kurve geht«, schlug Henry ruhig vor, »oder durch eine Ortschaft fährt. Da muß er ja langsamer werden.«

»Warten?« schrie Dory ihn an. »Worauf denn warten? Ich springe sofort!«

Albert mischte sich ein. Er zeigte auf Ruth. »Sie hat gerade ihr Leben riskiert. Ich finde, für den Moment reicht es. Wir haben so lange gewartet …«

»Bei dieser Geschwindigkeit wäre es ein Sprung in den sicheren Tod«, warnte Henry, doch schon hatte Dory die Tür geöffnet. Mehrere Männer versuchten, ihn zurückzuhalten, aber Manny schlug sie nieder und sprang dann seinem Bruder hinterher. Sie stürzen und rollten sich ab. Es dauerte nicht lange und sie richteten sich auf.

»Sie leben«, murmelte eine Frau, die durch die Öffnung alles beobachtet hatte. »Sie stehen auf ...«

Plötzlich fiel ein grelles Scheinwerferlicht auf die Flüchtenden, die sich gerade erhoben hatten. Dann feuerte einer vom Schießstand des letzten Waggons sein Maschinengewehr leer, obwohl die Brüder schon nach den ersten Schüssen tödlich getroffen zusammengebrochen waren.

Henry beugte sich hinaus und beobachtete, wie ihre Körper kleiner und kleiner wurden. Er bemerkte nicht, daß in dem Moment ein SS-Mann hinüberschaute, als er mit Albert die Tür wieder schloß. Um keine Aufmerksamkeit zu erregen, setzten sie die Gitterstäbe mit dem Stacheldraht wieder in die Fensteröffnung.

Aus dem Hintergrund rief Frau Silberstein: »Sie werden uns alle umbringen. Wir werden alle sterben, alle. Wenn nicht mal die jungen Leute es schaffen, davonzulaufen, wie soll uns denn das gelingen?«

Nun konnte Jonathan Mendel nicht mehr an sich halten. Er war zusammen mit seinem Vater Karl und der Familie Perles in den Zug gekommen und hatte sich gleich gegen das Vorhaben ausgesprochen, den jungen Izzie durch das Fenster klettern zu lassen.

»Wie viele sollen denn noch sterben?« fragte er. »Das ist doch Irrsinn, was ihr macht. Ich habe es ja gleich gesagt, daß sie uns alle erschießen, wenn sie nur einen bei der Flucht erwischen. Aber ihr wißt ja alles besser. Na, wartet mal ab. Irgendwann muß der Zug ja wieder halten, dann werde ich einem der SS-Männer vielleicht mal einen kleinen Wink geben ...«

Henry drückte Jonathan gegen die Wand des Waggons. »Niemand sagt auch nur ein einziges Wort – ist das klar?«

Jonathan erwiderte erregt: »Sie! Wer gibt Ihnen das Recht, über unser Leben mit zu entscheiden? Ich will nicht erschossen auf einem Bahngleis rumliegen!«

Henry ließ von ihm ab, und Jonathan ging zu seinem Vater, der ihn zu sich gewinkt hatte.

»So ganz Unrecht hat er ja nicht«, meinte Jakob beschwichtigend. »Stellen Sie sich mal vor, Herr Neumann, Sie müssen mit ihren Kindern aus dem fahrenden Zug springen. Das Baby auf dem Arm Ihrer Frau – das kann doch gar nicht gutgehen. Sie sind tot, bevor die ersten Schüsse fallen. Und ist es nicht so, mein Lieber, daß man doch nie die Hoffnung verlieren darf? Man kann doch nicht das Leben der Kinder aufs Spiel setzen, wenn vielleicht am Ende der Fahrt doch eine warme Mahlzeit und ein Dach überm Kopf warten.«

Inzwischen sah auch Henry ein, daß eine Flucht auf diesem Weg unmöglich erschien, nicht nur, weil die Menschen schon viel zu schwach waren. »Laß uns doch wieder versuchen, ein Loch in den Boden zu brechen«, sagte er zu Albert, der sofort die Axt aus seinem Rucksack holte.

Nina fing an zu weinen. »Ich hab solche Angst, Mami.«

»Versuch zu schlafen und an etwas Schönes zu denken. Ich werde das auch machen«, erwiderte Lea sanft.

»Erinnerst du dich noch, als David in deinem Bauch war?«

»Wie könnte ich das je vergessen?« Lea lächelte.

Nina liegt mit ihrer Mutter im Bett. Sie sind mit dicken Steppdecken zugedeckt. Nina legt ihren Kopf auf Leas Bauch.

»Ich kann das Baby hören, Mami.«

»Was tut es denn gerade?«

»Es singt ein Lied …

Kommt ein Vogel geflogen,
setzt sich nieder auf mein' Fuß,
hat 'nen Zettel im Schnabel,
von der Mutter einen Gruß …«

Nina rüttelte an ihrer träumenden Mutter und fragte: »Mami, erinnerst du dich auch noch an das Lied?«

»Natürlich!« Und Lea fing an zu singen:

»Kommt ein Vogel geflogen,
setzt sich nieder auf mein' Fuß,
hat 'nen Zettel im Schnabel,
von der Mutter einen Gruß.«

Nina schlief. Sie nahm nicht wahr, daß der Zug anhielt. Von draußen waren aufgeregte Stimmen zu hören.

Jemand sagte: »Hier! Es muß dieser Waggon gewesen sein!«

Kapitel 6
»Ich bin erwacht mit einem Schrei, denn was ich träumte, war wahr«

Die Türen des Waggons wurden aufgerissen, SS-Leute brüllten: »Schnell, schnell, macht, daß ihr rauskommt!« Einige von ihnen und auch Ukrainer sprangen in den Waggon und trieben die Menschen hinaus. »Los, Beeilung, raus mit euch!«

Mit Gewehren halfen sie nach, wenn die völlig geschwächten Juden nicht schnell genug hinausgelangten. Die meisten waren nur noch spärlich bekleidet, viele Frauen trugen Unterröcke, die verschwitzt und schmutzig waren.

Jakob half Gabrielle, die mittlerweile besonders hinfällig wirkte. Ihre Augen waren dunkel umrandet, die Lippen aufgesprungen, das Gesicht bleich und schweißgebadet. Albert griff nach Ruths Hand und bahnte sich mit ihr einen Weg durch die Menge. Sie sprangen hinaus, unmittelbar gefolgt von Avram Perles.

»Möge Gott dich, deine Frau, eure Kinder und Kindeskinder verfluchen«, flüsterte Avram haßerfüllt. Er wollte vor Albert auf den Boden spucken, aber er hatte keinen Tropfen Spucke im Mund. Ohne ein weiteres Wort stellte er sich zu seiner Familie. Auch Henry und seine Familie waren inzwischen nach draußen gesprungen und hatten sich neben die anderen gestellt.

Apathisch, aber voller Angst blickten sie auf Untersturmführer Crewes.

»Werkzeuge, Messer oder ähnliches sind sofort auszuhändigen«, sagte er mit eisiger Stimme. »Diejenigen von euch, bei denen ein Werkzeug gefunden wird, werden auf der Stelle erschossen.« Er trat ganz nah an Albert heran: »Einen Fluchtversuch gab's ja bereits, nicht wahr, mein Freundchen?« fuhr er sarkastisch fort. »Da hat Oberst Klimpt euch noch eine Galgenfrist gegeben ...«

Ruth sah zu Albert hinüber, der vollkommen ruhig blieb.

Avram Perles starrte vor sich hin, doch gelegentlich glitt sein Blick zu Albert und Henry hinüber. Crewes bemerkte es.

Ein SS-Mann sprang aus dem Waggon. Er hatte mit anderen die Koffer, Taschen und Kleidungsstücke inspiziert, um nach Werkzeug zu suchen.

»Nichts, Herr Untersturmführer«, meldete er, »keinerlei Werkzeug.«

Crewes war die Wut anzusehen, die in ihm tobte. »Kann mir vielleicht einer erklären, wie die Tür geöffnet werden konnte?« Er ging auf Henry zu und schlug ihm ins Gesicht.

»Vielleicht war sie nicht richtig verschlossen«, antwortete Henry.

Crewes schlug ihn erneut.

»Ich weiß es nicht, wir haben geschlafen.« Wieder versetzte ihm Crewes einen Schlag ins Gesicht. Und wieder sagte Henry, daß sie geschlafen hätten.

Plötzlich entdeckte der Untersturmführer die verängstigte Nina, die sich an die Hand ihres Vaters klammerte.

»Ein süßes Kind«, sagte er lächelnd, »wie heißt du denn?«

»Nina Neumann.«

»Hast du auch geschlafen, Nina Neumann?«

»Ja, mein Herr.«

»Weißt du was? Ich glaube dir das nicht. Haben Vater und Mutter dir nicht beigebracht, daß du nicht lügen darfst?«

Nina antwortete nicht.

Crewes ließ nicht locker. »Kleinen Mädchen, die lügen, können ganz schlimme Dinge zustoßen. Sogar so hübschen Mädchen, wie du eines bist. Und auch ihren Familien können schlimme Dinge passieren. Weißt du das?«

»Ja, mein Herr«, antwortete Nina leise.

In panischer Angst schaute Lea auf ihre Tochter, während der Untersturmführer zur Pistole griff. Er sah Lea und Henry an. »Ich bin sicher, du hast deine Mutter lieb.«

Er kniete sich zu Nina hinunter. »Ich werde dich noch mal fragen, Nina Neumann. Du hast doch die Werkzeuge gesehen. Du weißt, wem sie gehören. Sag mir die Wahrheit, und du und deine Familie bekommen ein gutes warmes Frühstück.«

»Ich habe geschlafen.« Nina zögerte, sagte dann noch einmal: »Ich habe geschlafen.«

Die Hand von Crewes fuhr zur Hüfte, als wollte er die Pistole ziehen. Statt dessen aber faßte er in seine Jackentasche und gab Nina einen Bonbon.

Nina machte einen leichten Knicks und sagte: »Herzlichen Dank, mein Herr.«

»Und wie gut du erzogen bist«, stellte der Untersturmführer fest. »Vielleicht hast du ja auch recht, vielleicht war es unsere Schuld, eine dumme Unachtsamkeit. Aber eins kannst du mir glauben, so etwas kommt kein zweites Mal vor.« Dann rief er: »Schmitt!«

Ein SS-Mann kam angelaufen, und Crewes befahl ihm, an allen Türen zusätzliche Schlösser anzubringen. »Lassen Sie sich von ein paar Leuten helfen, es muß schnell gehen!«

»Jawohl, Herr Untersturmführer«, kam die eilfertige Antwort.

Crewes zog Henry aus der Reihe und drückte ihn gegen die Waggonwand. »Du Jude, du Stück Dreck. Wenn sie sich nicht bedankt hätte, hätte ich zuerst dich und dann deine kleine Süße erschossen. Zurück in die Reihe!«

Henry ging zu Nina und nahm ihre Hand, dann stellte er sich neben Lea, die David im Arm hielt.

»Herr, bitte, wann bekommen wir etwas zu essen? Wir haben solchen Hunger. Können Sie uns nicht etwas Brot geben?« Es war der alte Silberstein, der sich an Crewes gewandt hatte. Der Untersturmführer trat auf ihn zu, sah ihn ein paar Sekunden lang an, dann zog er die Pistole und erschoß ihn. Mit einem Aufschrei stürzte sich Frau Silberstein über ihren toten Mann, klammerte sich an ihm fest.

»Ist noch jemand hungrig?« fragte Crewes in die Runde, und dann: »Jetzt zurück in den Waggon!«

Frau Silberstein wurde mit Gewalt vom Leichnam ihres Mannes weggezerrt und in den Waggon gestoßen. Die anderen kletterten mühselig hinein. Draußen machten sich die SS-Leute daran, alle Waggons neu zu verschließen. Ein anderer Trupp überprüfte noch einmal, ob die Schlösser richtig und sicher angebracht waren. Dann setzte sich der Zug mit einem Ruck in Bewegung.

Im Waggon zogen sich alle wieder auf genau die Plätze zurück, die sie vorher innegehabt hatten. Gabrielle wirkte etwas erholt und gab Nina ein Zeichen, zu ihr zu kommen. Zögernd gehorchte das kleine Mädchen.

Gabrielle zog sie zu sich heran und sagte: »Ich muß dir das sagen, Nina. In meinem ganzen Leben habe ich noch nie einen Menschen erlebt, der so mutig ist wie du.«

Nina machte das Lob etwas verlegen, aber alle, die Gabrielles Worte verstanden hatten, nickten.

Albert stellte fest, daß Avram Perles ihn unverwandt beobachtete, aber er ließ sich nicht irritieren. Er bückte sich und holte unter der erschossenen Frau Axt und Säge hervor. Hier hatten die SS-Leute und die Ukrainer bei der Suche nach Werkzeug zum Glück nicht nachgeschaut.

»Was werden wir jetzt tun?« fragte er Henry.

»Wir höhlen das Holz im Boden aus, ganz hinten, über der Querstange.«

»Das dauert mindestens einen Tag, wenn nicht länger. Jede Stunde zählt. Also, laßt uns anfangen.«

Schon hatte Henry die Axt in der Hand und ging zum hinteren Ende des Waggons. Kaum hatte er mit der Arbeit begonnen, mußte er feststellen, daß die Axt stumpf und es äußerst mühselig war, mit ihr das Holz auszuhöhlen. Trotzdem machte er verbissen weiter und war bald schweißüberströmt.

Nina sah ihren Bruder an, der mit einem Stofftier spielte und es immer wieder in den Mund steckte, um darauf herumzukauen. »Er hat solchen Hunger …«, sagte sie mitleidig, dabei konnte ihr eigener Hunger nicht geringer sein. Aber so tapfer sie sich vorhin Crewes gegenüber verhalten hatte, so vernünftig war sie die ganze Zeit über in dieser schrecklichen

Situation. Immer wieder konnte man das Wimmern der anderen Kinder hören. Nina weinte nur, wenn die Angst zu groß wurde, wenn sie um ihren Vater bangte, der immer wieder in Bedrängnis geriet, oder wenn David schrie und sie ihn nicht trösten konnte.

Mit ernstem Gesicht, bleich, blickte sie um sich und entdeckte Buchstaben an der Wand hinter ihr. Sie konnte sie nicht entziffern und rief: »Papa, hier steht was geschrieben!«

»Er kann jetzt nicht, Schätzchen«, sagte Gabrielle, die immer noch neben Nina saß. Sie drehte sich zur Wand um und las den Text: »›Ein Traum so schrecklich – mein Volk gab es nicht mehr ... Ich bin erwacht mit einem Schrei ... denn was ich träumte, war wahr.‹«

Minutenlang herrschte Schweigen. Erst Nina unterbrach es, als sie sah, wie Gabrielle auf ihren Knien Klavier spielte. »Was spielst du da?« fragte sie. »Den Dornröschen-Walzer?«

Gabrielle nickte. »Mach die Augen zu, Nina, dann hörst du ihn auch.« Nina gehorchte.

Lea und Henry stehen in ihrem Wohnzimmer und schauen ihrer Tochter zu. Sie trägt ein Tutu und Ballettschuhe und ist ganz konzentriert dabei, als sie sich nach der Musik aus Tschaikowskys »Dornröschen« im Walzerrhythmus dreht. Die Musik klingt aus und Lea und Henry klatschen Beifall. Mit einem Knicks bedankt sich Nina.

»Du wirst mal eine tolle Tänzerin«, sagt ihre Mutter lächelnd.

Nina öffnete die Augen und sah Gabrielle an, die noch immer ihre Hände klavierspielend bewegte.

»Ich möchte mal eine berühmte Ballettänzerin werden«, flüsterte das Mädchen der Frau zu, die mit eingefallenen Wangen und dunkel umrandeten Augen neben ihr saß.

»Das wirst du auch, Kind«, antwortete Gabrielle. »Wenn man sich etwas ganz doll wünscht, dann geht es bestimmt in Erfüllung.«

Auch Jakob hatte das Spiel von Gabrielles Fingern beobachtet. So lange waren sie nun schon ein Paar, und wie wunderbar hat sie ihn all die Jahre begleitet, wenn er auf kleinen und großen Bühnen sang und tanzte. Sie waren perfekt aufeinander eingespielt, und das hatte auch damit zu tun, daß sie sich liebten und sie einander vertrauten. Und doch hatte er sie eines Tages wegschicken wollen ...

Gabrielle und Jakob gehen durch einen Park. Es ist ein wunderschöner Sommertag, und Gabrielle hat einen Picknickkorb über den Arm gehängt.

»Lauf nicht so schnell«, ruft sie Jakob zu, der immer ein paar Schritte voraus ist, »wir haben doch Zeit.«

Jakob bleibt stehen. »Wir haben keine Zeit«, gibt er erregt zurück. »Du gehst nach Amerika, hörst du? Du mußt nach Amerika!«

»Die haben dort schon genug Klavierspieler, die brauchen mich nicht.«

»Du fährst, hast du mich verstanden?«

»Und was würdest du ohne Klavierspielerin machen, mein Herr?« fragt sie neckend.

»Verhungern. Na und? Unsere Beziehung ist jedenfalls zu Ende. Aus und vorbei. Geh, ich will dich nie wieder sehen. Ich werde mich von dir trennen. Ganz einfach!«

Sie stehen beieinander, sehen sich an.

»Jakob, Jakob«, sagt Gabrielle und schüttelt den Kopf. »Hör bitte auf damit. Wir könnten uns doch nie trennen, nie.«

Sie fallen sich in die Arme und küssen sich.

Albert hatte es übernommen, mit der stumpfen Axt das winzige Loch zu vergrößern. Er stand auf, als der Zug plötzlich anhielt und ein Stück zurückrollte. Aus den Augenwinkeln nahm er wahr, daß Avram Perles ihn unentwegt anstarrte.

Henry ging zum Fenster und sah, daß der Zug vor einer Weiche stand und dann rückwärts auf ein anderes Gleis rollte.

»Merkwürdig«, sagte er, »wir fahren rückwärts«, als hätten es die anderen nicht bemerkt. Einige sprangen auf und versuchten, sich am Fenster hochzuziehen.

»Seht ihr«, rief Jakob und bemühte sich, so heiter wie möglich zu klingen, »wir fahren zurück nach Berlin!«

Niemand glaubte daran, und doch lag auf einmal eine hoffnungsvolle Stimmung in der Luft.

»Ich möchte mal sehen, was draußen los ist«, sagte Ruth. Henry hob sie hoch, damit sie hinausschauen konnte.

Auf der Straße neben den Gleisen fuhren einige Jungen Fahrrad. Eine ganz normale Alltagsszene, die sie anrührte. Es tat ihr gut, die frische Luft zu atmen, und sie schloß genießerisch die Augen. Sie öffnete sie wieder, als der Zug anhielt.

Nun drängten alle, die noch die Kraft dazu hatten, ans Fenster oder an die Ritzen, um einen Blick nach draußen zu werfen. Ruth trat vom Fenster zurück. Sollten die anderen auch einmal durchatmen. Das würde allen guttun und Hoffnung geben.

Kapitel 7
Brot für die Juden und Hiebe für den Offizier

Auf dem gegenüberliegenden Gleis stand ein deutscher Truppentransportzug. Die Soldaten ruhten sich in der Sonne aus, sie rauchten, spielten Fußball mit einem Helm. Ein paar Verwundete lagen auf Tragen, andere liefen an Krücken herum. Es sah ganz danach aus, als würde der Zug schon eine Weile hier stehen und die Soldaten hätten es sich, so gut es ging, gemütlich gemacht. Einige winkten den Juden zu, unfaßbar für die, die aus dem Waggon sehen konnten. Seit sie unterwegs waren, hatten sie keine Freundlichkeit erfahren. Und nun grüßten sie deutsche Soldaten.

Albert nutzte als erster die Gelegenheit und rief hinaus: »Wir verhungern! Wir verdursten! Haben Sie vielleicht Wasser oder etwas zu essen für uns übrig? Wenigstens für unsere Kinder und die Kranken?«

Augenblicklich begannen alle im Waggon nach etwas Eßbarem und Wasser zu schreien, und es dauerte nicht lange, da kamen aus allen Waggons die Hilferufe. »Gebt uns zu essen, zu trinken! Sonst sterben wir!«

Die Soldaten, einige noch sehr jung, blickten verwirrt auf die ausgemergelten Gesichter der Menschen, die nach Essen und Wasser schrien. Nur zögernd gingen sie auf den Zug zu. Einer von ihnen, der etwas forscher wirkte, war Leutnant Hardy Blank. Die Soldaten trugen Brote an die Waggons heran. Als sie nahe genug waren, um etwas durch die Fenster schieben zu können, knallte es. Ein Schuß war abgegeben worden.

Crewes stand auf dem Bahnsteig und brüllte: »Keiner nähert sich dem Zug. Unter gar keinen Umständen.« Er zeigte auf die Waggons: »Die Leute werden bestens versorgt!«

Albert flehte: »Wir verhungern, glauben Sie uns, helfen Sie uns, bitte!«

Die deutschen und ukrainischen Wächter sprangen vom Zug und schlugen mit den Gewehrkolben gegen die Viehwaggons, um die Insassen zum Schweigen zu bringen. Doch deren Gebrüll ging unvermindert weiter. Dann wurden Waffen gegen diejenigen gerichtet, die sich an die Fenster klammerten, aber das schreckte die Hungernden und Durstenden nicht mehr. Sie erhofften sich Hilfe von den Wehrmachtssoldaten. Diese Männer kamen von der Front, wo sie genug Leid gesehen hatten, wo Kameraden verwundet oder getötet worden waren. Wo sie selber Verletzungen erlitten hatten. Vielleicht hatte das Erlebte sie menschlicher gemacht.

Henry fragte Albert, ob er verstehen könne, was Leutnant Blank und Crewes miteinander reden.

»Verstehen kann ich nichts«, antwortete Albert, »aber es sieht ganz so aus, als wollen die anderen Männer uns helfen. Allerdings scheint der Schinder was dagegen zu haben.« Er sah, wie Blank sich abwandte und hörte, daß er seinen Leuten im Zug etwas zurief. Die warfen daraufhin Essensbehälter und Brote aus den Fenstern. Blank und zwei Kameraden sammelten sie auf und gingen zu den Viehwaggons zurück. Andere Soldaten folgten ihnen.

Crewes riß Blank ein Brot aus den Händen und warf es auf den Boden. Blank versetzte dem Untersturmführer einen Kinnhaken. Der Schlag kam so unerwartet, daß Crewes stürzte. Seine Nase blutete. Er rappelte sich auf und klopfte erst einmal seine Uniform sauber.

Wutentbrannt sah er, wie Blank und seine Männer kurz vor den Waggons angelangt waren, bereit, die Lebensmittel auszuteilen.

»Stehenbleiben, sofort stehenbleiben!« brüllte Crewes, aber die Schreie der Hungernden in den Waggons waren lauter. Als er feststellen mußte, daß seine Befehle nicht befolgt wurden, schoß er mehrmals in die Luft.

Leutnant Blank drehte sich um. Voller Verachtung betrachtete er den geifernden Crewes. »Sie müssen wohl Ihren Heldendrang an diesen armen Menschen austoben, was?« fragte er spöttisch. »Hat's an der Front nicht so recht geklappt?«

»Das? Menschen? Der Führer befreit uns endlich von dieser Pest!« gab Crewes zurück.

Blank zog es vor, nichts zu erwidern. Er stand unmittelbar vor dem Waggon, in dem sich Albert und die anderen befanden, als Crewes die Waffe gegen ihn richtete. Doch er hatte nicht mit den Kameraden von Blank gerechnet. Einer von ihnen, August Schröder, der den linken Arm in Gips hatte, richtete seine Pistole auf ihn.

Crewes schnappte regelrecht nach Luft. »Sind Sie wahnsinnig geworden, Mann? Wollen Sie auf einen deutschen Offizier schießen?«

»Das wollten Sie doch auch gerade tun«, entgegnete Schröder gelassen.

»Ich bringe Sie vor ein Kriegsgericht, darauf können Sie sich verlassen.« Die Stimme des Untersturmführers überschlug sich.

»Aber bevor der Krieg zu Ende ist«, sagte Schröder ruhig, »sonst hängen Sie selber am Galgen.«

»Und ihr wollt deutsche Soldaten sein? Verräter, Deserteure, Feiglinge seid ihr!«

»Ja, ja, nicht so'n Held wie du, du Arschloch.« Langsam ging Schröder auf Crewes zu. Der fuchtelte wild mit den Armen, brüllte in Richtung der Zugführer, die aus dem Fenster der Lokomotive lehnten: »Los, abfahren, aaaabfaaaaahren, sofort! Jetzt sofort!«

Jerzy, der Lokführer, wandte sich Marian zu und sagte: »Der hat ja die Hosen gestrichen voll. Dann tun wir mal so, als ob wir loswollten. Sollen deine Juden ruhig ihre Henkersmahlzeit bekommen. Zufrieden?«

Wortlos drehte sich Marian um und schaufelte Kohlen in den Kessel. Die Lok stieß schwarzen Rauch aus, blieb aber stehen.

Strammen Schrittes kam Crewes auf das Führerhaus zu. »Was ist denn los, hört ihr schwer?« fuhr er die beiden an. »Abfahren, hab' ich gesagt. Sofort abfahren!«

Jerzy lehnte sich etwas weiter aus dem Fenster. »Wir dürfen nicht. Truppentransport. Das Übliche, Sie wissen ja ...«

»Ist mir scheißegal.« Crewes hatte völlig die Kontrolle über sich verloren. Das war nun sein erster Transport, und nichts klappte. War er nicht ganz sicher gewesen, daß alles glatt vonstatten gehen würde? Was kann es da schon an Problemen geben, hatte er zum Gestapo-Oberst Klimpt gesagt, als der ihn gewarnt und auf seine große Verantwortung hingewiesen hatte. »Wir müssen hier weg! Drei-, vierhundert Meter wenigstens. Das ist ein Befehl, verstanden?«

Jerzy zog sich vom Fenster zurück und setzte sich erst einmal. »Immer mit der Ruhe«, sagte er und schaute dem schaufelnden Marian zu. Es tat ihm gut, diesem Crewes eins auswischen zu können. Hier, in ihrem Führerhaus, hatten Marian und er das Sagen, und keiner konnte ihnen dreinreden. Er lächelte vor sich hin.

Draußen hatten Blank und seine Soldaten die ersten Brote verteilt. Sie legten sie in die durch die Gitterstäbe geschobenen Arme der Menschen, die sie dann hineinzogen. Wieder und wieder reichten oder warfen die Soldaten Brote und Essensbehälter in Richtung der Fenster, den ganzen Zug entlang. Die meisten Brote gelangten ins Innere der Waggons, manche nicht ganz komplett, weil Teile an den Stäben hängenblieben. Die Behälter mit anderem Eßbaren wurden dagegen nur selten aufgefangen und fielen zu Boden. Als die Männer den Eindruck hatten, daß alle Juden, so gut es ging, versorgt waren, traten sie zurück.

Jerzy hatte alles beobachtet, und nun setzte sich der Zug doch langsam in Bewegung. Die SS-Leute und die Ukrainer sprangen auf den schon fahrenden Zug auf. Nach einer Weile bot Jerzy seinem Kumpel einen Schnaps an, der aber ablehnte. Jerzy war anzusehen, daß er gern trank. Sein gutmütiges Gesicht mit dem vollen Schnurrbart und einer kräftigen Knollennase war immer gerötet, ebenso wie das Weiß seiner Augen. Er trank zwar selten soviel, daß er nicht mehr wußte, wo er war oder was er tat. Aber er trank regelmäßig. Es half ihm auch, über diese Fahrten nicht soviel nachzudenken. Nur wenn er Marian ansah, wurde ihm alles ganz bewußt.

»Keiner dieser armen Schweine wird überleben«, sagte Marian. »Die werden so oder so vergast.«

»Wann hast du denn die Juden so besonders lieb gewonnen?« fragte Jerzy. Erst da fiel ihm seine Maria ein.

Marian zuckte mit den Schultern. »Ich muß sie nicht lieben, um Mitleid mit ihnen zu haben«, antwortete er. »Was soll's, weiter im Takt.« Wieder schaufelte er Kohlen in den Heizofen.

Im Waggon griffen alle, die noch dazu in der Lage waren, gierig nach einem Brot, das sie vermutlich für sich behalten wollten. Henry mahnte jedoch zur Geduld. »Wir haben genug Brot, aber wir wollen es gerecht verteilen. Hat jemand ein Messer?«

Ein Mann reichte ihm eines, und er begann, Scheibe um Scheibe abzuschneiden und zu verteilen.

Erika Friedlich weinte vor Freude, als sie ein Stück in der Hand hielt. Gabrielle nahm ihr den schreienden Aaron ab und versuchte, ihn zu beruhigen. Sie hielt auch ihm ein Stück vor den Mund, aber er war noch zu klein, um damit etwas anfangen zu können.

Alle anderen bissen genüßlich in ihr Stück Brot, kauten jeden Bissen sorgfältig und lächelten einander zu. Lea fütterte David, der schon etwas älter war als Aaron und deshalb vom Brot auch essen konnte. Nina schnitt Grimassen für ihn, und er fing an, vor Vergnügen zu glucksen. Unverhofft stellte er sich auf seine Füße und setzte einen Schritt vor den anderen, so als hätte er erst einmal Kräfte sammeln müssen, um die ersten Schritte machen zu können.

»Er läuft«, rief Henry überrascht, »er läuft!«

David fiel hin, stand wieder auf, ein Schritt, zwei Schritte, fiel erneut, stand auf und tapste weiter. Nina folgte ihm auf Händen und Knien durch einen Dschungel von Beinen. David stieß an ein Hindernis und wollte darüber hinwegklettern. Das Hindernis war ein Körper, der Körper einer toten Frau. Nina war inzwischen bei ihr angelangt und erschrak. Sie zog David von ihr weg.

»Komm, David«, sagte sie, »wir suchen die Mama.«

Beide krabbelten zurück zu ihren Eltern, und Henry hob seinen Sohn in die Höhe: »Du kleiner Racker, wo warst du denn? Hast du einen Spaziergang gemacht?«

Nina erzählte nichts von der toten Frau. Sie wollte ihren Eltern die kleine Freude über Davids erste Schritte nicht verderben.

Jakob sah in die Gesichter seiner Leidensgenossen. Sie alle hatten mit einemmal ein wenig Hoffnung geschöpft. Vielleicht, dachte er in diesem Augenblick, wird doch noch alles mehr oder weniger gut ausgehen. Er stand auf und kündigte an: »Zum Essen ein kleiner Witz, das kann ja nicht schaden.«

Er begann: »Hitler soll von Alpträumen gequält worden sein, also hat er einen meschuggenen Wahrsager kommen lassen. Der hat in seine Kristallkugel geschaut und gesagt: ›Mein Führer, ich sehe, Sie werden an einem hohen jüdischen Feiertag sterben.‹ – ›An welchem?‹ fragt Hitler. – ›Mein Führer, egal, an welchem Tag Sie sterben, das wird ein hoher jüdischer Feiertag sein.‹«

Hier und da war ein zaghaftes Lachen zu hören.

Gabrielle schaute zu ihm hoch. »Jakob, setz dich zu mir, iß etwas.«

Jakob ließ sich neben ihr nieder. »Iß zuerst du, mein Gabriellchen. Du weißt doch, ich mag dich gern ein bisschen molliger.« Sie lehnte ihren Kopf an seine Schulter, und er legte den Arm um sie. »Meine kleine Gabrielle, meine schöne Blume«, fuhr er zärtlich fort, »warum bist du nicht emigriert, als du die Möglichkeit dazu hattest.«

Sie antwortete nicht, gab ihm nur einen Kuß auf die Wange und schloß die Augen.

Henry öffnete einen Koffer, um Brotreste darin zu verstauen. Dabei stieß er auf einige seiner Boxer-Medaillen. Er holte sie heraus, völlig überrascht, denn er wußte, daß er sie nicht mitgenommen hatte. Ist doch nur Ballast, hatte er zu Lea gesagt, als sie ihre Koffer packten.

Fragend schaute er Lea an, dann Nina, und die nickte und sagte: »Ich habe sie eingepackt, Papa, weil ich dachte, wenn David mal größer ist, bist du bestimmt froh, daß du sie ihm zeigen kannst.«

Henrys Augen wurden feucht. »Nina, Ninele, Ninotschka, mein Engel.« Er nahm sie in die Arme und preßte sie ganz fest an sich. »Wie sehr ich dich liebe, mein Kind«, flüsterte er. »Du bist unser Sonnenschein.«

Nina löste sich aus der Umarmung und setzte sich zwischen die Eltern.

An beide gewandt, sprach sie aus, was sie schon länger beschäftigt hatte.

»Wir fahren gar nicht zu einem neuen Zuhause, stimmt's?

Da gibt es auch keine Schule. Ich will aber zur Schule gehen. Und zum Ballettunterricht ... Ich muß Tänzerin werden. Das hab' ich Frau Professor Fischer versprochen. Die hat euch doch auch gesagt, daß ich begabt bin, das habe ich gehört, als ihr mal in der Ballettschule ward.«

Lea streichelte sie. »Du machst dir viel zu viele Sorgen, mein Engel. Das hat Frau Fischer gesagt, und das wissen wir auch. Und deshalb wirst du Tänzerin werden, ganz, ganz bestimmt. Das verspreche ich dir.«

»Hoch und heilig?«

»Hoch und heilig.«

Nina war beruhigt. Nach einer Weile fragte sie ihre Mutter: »Kannst du mir die Geschichte erzählen, wie du den Papa zum allerersten Mal gesehen hast?«

»Frag deinen Vater«, sagte Lea lächelnd, »der kann sie viel besser erzählen.«

Henry besann sich einen Augenblick und schloß dann die Augen. »Es war bei der Hochzeit meines Cousins Herschel ...«

Eine Hochzeitsfeier. Die Musiker spielen berauschende Klezmerlieder, und die Gäste tanzen im Kreis. Henry steht an der Seite und beobachtet die hübsche tanzende Lea in ihrem gelben Brautjungfernkleid. Wer nicht tanzt, schaut zu und klatscht im Rhythmus der Musik. Henry ist wie hypnotisiert. Eine Hand berührt seine Schulter. Es ist sein Vater, der erraten hat, wer Henrys Objekt der Sehnsucht ist.

»Seit wann so schüchtern?« fragt er seinen Sohn.

»Sieh sie dir an, Vater ...«

»Das ist Lea Hertzberg aus Wien. Persischer Abstammung. Der Vater macht Import- und Exportgeschäfte. Sie würde eine kolossale Mitgift bekommen.«

»Bist du betrunken?«

»Überhaupt nicht«, entgegnet der Vater und fügt hinzu: »Ich kann dir sagen, daß sie sich bereits nach dir erkundigt hat. Das weiß ich von Tante Rosalie.«

»Du bist ja schlimmer als jede Kupplerin«, sagt Henry und lacht. Lea tanzt immer noch und blickt zu ihm herüber.

»Feigling«, raunt ihm sein Vater zu.

Langsam bahnt sich Henry einen Weg zur Tanzfläche, magisch angezogen vom Lächeln, das Lea ihm schenkt. Die Gesichter der anderen Tanzenden verschwimmen vor seinen Augen. Er sieht nur Lea, und dann reiht er sich ein, und sie lacht und nimmt seine Hand. Wie im Rausch drehen sie sich im Tanz, der immer schneller wird, während die Zuschauenden lauter und lauter klatschen. Henry und Lea haben die Welt um sich herum vergessen.

Ruth drängte sich zu Albert durch, der mit wenig Erfolg an dem Loch arbeitete. Die Öffnung würde gerade mal einer Maus die Flucht ermöglichen. Alberts Hände waren wund und blutig. Deshalb nahm Ruth ihm die Axt ab und versuchte ihrerseits, die Öffnung zu vergrößern. Sie wußte, daß ihre Kraft nicht ausreichen würde, um viel zu schaffen, aber sie wollte Albert eine Pause gönnen. Der war in die Ecke des Waggons gegangen, wo hinter einem aus Kleidungsstücken zusammengeknoteter Vorhang der Fäkalieneimer stand. Er zog den Vorhang leicht beiseite und entdeckte Erika, die einen leeren Becher in der Hand hielt. Sie wischte sich gerade den Mund mit dem Ärmel ab.

»Wenn ich nichts trinke, stirbt er«, sagte sie nur.

Albert schwieg mit starrer Miene. Er drehte sich um und stieß fast mit Avram Perles zusammen. Der ältere Mann begann plötzlich nach Luft zu schnappen. Sein Gesicht wurde aschfahl, und er griff sich an die Brust. Er wankte von einem zum anderen, versuchte, sich an ihnen festzuhalten, dann sank er zu Boden.

»Avram!« Sylvie stieß einen gellenden Schrei aus. Sie versuchte, zu ihrem Mann zu kommen. Albert lockerte inzwischen Avrams Kragen und rief nach Doktor Friedlich. Der war nur kurze Zeit später bei ihm und versuchte zu helfen.

Avram packte Albert am Arm, hob den Kopf und sagte unter Stöhnen: »Du mußt dich um sie kümmern.« Dann sank er zurück, und Doktor Friedlich begann mit ernstem Gesicht mit der Herzmassage.

Nach einigen Minuten gab er auf. »Es hat keinen Zweck mehr«, sagte er. »Er ist tot.«

Henry hatte sich durch die Menge gedrängt und stand vor dem Toten. Er kniete nieder und blickte lange in das Gesicht Avrams. Im Innern wußte er, daß dieser arme Mann aus Kummer über den Tod seines Sohnes gestorben war. Und daß er, Henry, daran nicht unschuldig war.

Sylvie versuchte, vor Henry und Albert auszuspucken, aber auch sie hatte keinen Speichel mehr, nur etwas Schaum zeigte sich auf ihren Lippen. Verzweifelt legte sie sich auf die Brust ihres Mannes und wimmerte.

Irgendwann erhob sie sich, wischte sich die Tränen ab und

ging zu ihren Töchtern, die weinend an der Wand lehnten. Albert legte Sylvie zwei Diamanten in die Hand.

»Was soll ich damit?« fragte sie zornig. »Glaubst du, die bringen mir meinen Avram und meinen Izzie zurück?« Sie holte aus, um die Steine wegzuwerfen, aber dann sah sie die Trauer in Alberts Augen und hielt inne. Sie ließ es zu, daß er sie in die Arme nahm, und an seiner Brust weinte sie sich aus.

Als Albert zu Henry zurückkehrte, legte der ihm die Hand auf die Schulter. »Du kannst doch nichts dafür«, versuchte er ihn zu trösten. Und Ruth, die neben Henry stand, fügte hinzu: »Dich trifft nicht die Schuld am Absturz von Izzie, und du konntest auch nicht wissen, daß Avram ein schwaches Herz hat.«

»Woher wissen wir denn, daß er ein schwaches Herz hatte?« fragte er. Er fühlte wie Henry. Sie waren mitschuldig am Tod des Jungen und damit auch am Tod Avrams.

Alberts Blick wanderte hinüber zu Sylvie und ihren Töchtern. Minnie starrte ihn an, wie es zuvor Avram getan hatte – haßerfüllt. Er wandte sich ab. »Ich mache mich besser wieder an die Arbeit«, sagte er und ging zu dem Loch. Verbissen hackte er in das Holz, das unter der stumpfen Axt kaum nachgab.

Lea lehnte gegen die Wand, David im Arm. »Er muß gewickelt werden. Bitte Henry, schau mal in den Koffer. Es müssen noch Windeln da sein – wenn ich mich nicht irre.«

Henry suchte nach Windeln, aber er fand keine. Statt dessen fielen ihm Fotos in die Hände, Fotos von der Hochzeit, von den Eltern, von Urlauben, Baby- und Kinderfotos. Dann fand er ein paar Daunenfedern, die er verwundert hochhielt.

Er sah Nina an, die ihm zunickte, und dann guckten beide auf Lea, die sofort verstand.

Es ist Ninas neunter Geburtstag. Das Zimmer ist mit Girlanden geschmückt. Ausgepackte Geschenke liegen herum, auf den Tellern befinden sich Kuchen-, in den Bechern Saftreste. Die Kinder machen eine Kissenschlacht. Es geht immer wilder zu, und Lea und Henry versuchen vergeblich, die Schlacht zu stoppen und die Kissen einzusammeln. So wirbeln schon bald Federn durch die Gegend, und die kleinen ausgelassenen Gäste pusten sie in die Luft, höher und höher …

Nina spielte mit den Federn, die Henry im Koffer gefunden hatte, pustete sie in die Luft und ließ sie dann sanft auf ihre Hände fallen. Lea hielt David im Arm, der unregelmäßig atmete. Manchmal setzte der Atem ganz aus, dann machte David wieder regelmäßige Atemzüge. Nina wollte wissen, was mit ihm los ist.

»Babys hören manchmal zu atmen auf und fangen dann gleich wieder an«, erklärte Lea ihrer Tochter. »Das ist ganz normal.« Sehr überzeugt war Lea nicht von dem, was sie sagte, aber sie wollte Nina nicht beunruhigen.

Es war Nacht. Im Waggon war Ruhe eingekehrt. Wegen der Toten, die in eine Ecke gelegt worden waren, gab es etwas mehr Platz, so daß sich ein paar mehr Menschen hinsetzen konnten. Die meisten hatten die Augen geschlossen, andere starrten vor sich hin. Frau Silberstein lachte gelegentlich laut auf, kicherte oder redete leise vor sich hin. Sie schien den Verstand verloren zu haben.

Lea und Nina hielten sich im Schlaf umschlungen, während Henry den kleinen David auf dem Arm trug. Besorgt stellte er fest, daß der Kleine immer wieder aufhörte zu atmen, und sein Atem erst wieder einsetzte, wenn Henry ihn leicht schüttelte.

Erika war wach und beobachtete Albert, der immer noch an dem Loch im Boden arbeitete. Er wandte sich Ruth zu, die neben ihm stand. »Wir werden heute nacht nicht fertig. Bete, daß uns genügend Zeit bleibt. Nicht nur die Babys werden immer schwächer.«

Ruth beugte sich zu ihm hinunter und küßte ihn. Als ihre Küsse leidenschaftlicher wurden, legte Albert die Axt beiseite.

Blick aus dem Waggon: Ruth (Sibel Kekilli) und Henry (Gedeon Burkhard).

Berlin-Grunewald: Vor dem Abtransport der Juden am Gleis 17.

Gestapo-Oberst Klimpt (Oliver Sauer) mit einer aufsässigen Frau.

Juwelier Albert Rosen (Roman Roth) in seinem Geschäft.

Eine schöne Kette soll es sein: Ruth und ihr Vater bei den Rosens.

Erstaunt über Kunden: Alberts Vater Max Rosen (Boris Hybner).

Albert legt Ruth eine Halskette um, die ihr Glück bringen soll.

Noch sind alle unbekümmert: Singen und Klatschen für das Brautpaar.

Henry hält sich noch im Hintergrund, obwohl ihm Lea so sehr gefällt.

Vater Neumann ermuntert Sohn Henry, Lea zum Tanz aufzufordern.

Die schöne Lea (Lale Yavas) bei der Hochzeit, auf der sie Henry trifft.

Sie ist, was Lea noch werden wird – eine Braut, die Frau von Henrys Cousin.

Vergangenheit: Gabrielle (Brigitte Grothum) und Jakob (Hans-Jürgen Silbermann).

Bittere Gegenwart: Das Künstlerpaar entkräftet im Zug nach Auschwitz.

Der Held, der keiner sein durfte: Der junge Izzie (Vojta Kotek).

Ex-Boxer Henry Neumann plant die Flucht für alle Insassen.

Albert und Henry helfen Ruth aus dem von ihnen entgitterten Fenster.

Ruth hat es geschafft, von außen die Waggontür zu öffnen.

Dory Gerber (Václa Chalupa) wagt die Flucht aus dem fahrenden Zug.

Die Gerber-Brüder sind dem Zug entkommen, aber nicht in Sicherheit.

Zwei Soldaten verfolgen das Geschehen am Deportationszug.

Tod auf den Gleisen: Dory und Manny Gerber wurden von der SS erschossen.

Kapitel 8
Warum der liebe Gott weint, als er einen Juden trifft …

Regen! Wenn es doch endlich regnen würde. In Händen und Bechern könnten sie das Wasser auffangen. Es trinken. Sich etwas frisch machen. Doch seit der Abfahrt vor Tagen war nicht ein Tropfen vom Himmel gefallen. Die Zunge klebte ihnen am Gaumen, sie hatten keinen Speichel mehr. Inzwischen sparten sie selbst mit Worten.

Der Zug rollte durch eine herrliche Landschaft. Über den Wiesen lag noch Morgentau. Die ersten Sonnenstrahlen fielen durch die Wipfel der Bäume. Ein Frühlingsmärchen der Natur. Für die Unglücklichen im Waggon eher nicht. Sie bekamen nichts mit von der anmutigen Stimmung da draußen. Einige schliefen, andere dösten vor sich hin. Nur der fromme Mann sprach wie immer unbeirrt das Morgengebet.

Nach und nach kamen alle zu sich. »Guten Morgen«, sagte Gabrielle zu Jakob, und der verzog gähnend das Gesicht. »Guten Morgen! Hoffen wir doch mal, daß es auch ein guter Tag wird. Bisher war jeder Tag schlimmer als der Morgen …«

»Und das aus deinem Mund? Du bist doch sonst nicht so pessimistisch.«

»Du hast recht. Warten wir einfach ab. Man hat immer noch Zeit, das Unglück zu beklagen, wenn es da ist.«

»Hört sich auch nicht viel zuversichtlicher an.«

Gabrielles Stimme klang müde. Ihre Augen waren noch zu, die Wangen bleich und eingefallen. Das Gesicht schweißbedeckt. Verstört guckte sie zu Frau Silberstein, die wie am Tag zuvor vor sich hin kicherte.

»Ist sie verrückt geworden?« fragte sie Jakob, und der nickte. »Sie hat das Schlimmste hinter sich. Jetzt merkt sie nicht mehr viel von dem, was geschieht, die Glückliche.«

»Herr Noschik?« Jemand hatte leise Jakobs Namen gerufen. Er drehte sich um und sah zwei Männer – einen älteren und einen etwas jüngeren – nebeneinander sitzen. Fragend schaute er sie an. »Ja, bitte?«

Der Ältere winkte ihn zu sich und sagte im Flüsterton: »Wir würden so gern noch ein paar Witze von Ihnen hören. Das alles hier ist doch traurig genug – warum soll man sich nicht ein bißchen ablenken. Und Sie können so wunderbar erzählen. Nur für uns, bitte.«

Jakob war natürlich nicht in bester Stimmung, aber auf der anderen Seite freute es ihn, daß er mal wieder einen kleinen Auftritt hatte. »Gut«, sagte er, »mach ich gern.« Er besann sich einen Moment, dann legte er los: »Roth will dem Schwarz während der Bahnfahrt Witze erzählen. Er beginnt: ›Zwei Handelsreisende ...‹ Schwarz winkt ab. ›Den kenn ich schon.‹ Roth versucht es weiter: ›Zwei Offiziere im Kasino ...‹ – ›Den kenn ich auch.‹ Roth, wütend, brüllt unbeherrscht: ›Ihre Frau betrügt Sie!‹ – ›Kenn ich auch‹, meint Schwarz gleichmütig. – ›Sie Dummkopf!‹ schreit Roth, ›das ist kein Witz! Ihre Frau betrügt Sie mit dem dicken Blau!‹ – ›Den dicken Blau, den kenn ich auch.‹«

Die beiden Männer lachten, und Jakob fragte: »Noch einen?«

»Gern«, kam es wie aus einem Munde, und Jakob fuhr fort.

»Bloch und Roth spielen im Kaffeehaus Karten. Bloch verspielt und sagt: ›Ich hab mein Geld zu Haus vergessen, ich zahl dir morgen.‹ Roth aufgeregt: ›Heißt eine Gemeinheit, ohne Geld Karten spielen! Womit soll ich jetzt meinen Kaffee bezahlen?‹«

Dann fragte Jakob gar nicht erst, ob er noch einen Witz erzählen soll, sondern tat es einfach.

»Der liebe Gott hat beschlossen, sich wieder einmal persönlich auf der Erde umzusehen und Gutes zu tun. In einem Park sieht er auf einer Bank einen Mann sitzen, der verzweifelt vor sich hin weint. Der liebe Gott geht auf ihn zu und sagt freundlich: ›Sag mir, was dir fehlt, ich bin allmächtig und kann dir vielleicht helfen.‹ Der Mann schweigt und schluchzt noch lauter. ›Willst du mir nicht doch sagen, worin dein Leid besteht?‹ Der Mann schluchzt weiter. Endlich, bei der dritten Aufforderung, stößt er bitter hervor: ›Ich bin Jude.‹ Da setzt sich der liebe Gott neben ihn und weint noch viel verzweifelter.«

Beide lächelten nur, und Jakob sagte rasch: »Ich muß zu meiner Gabrielle zurück.«

»In Ordnung«, meinte der Ältere, »aber eine einzige Zugabe werden Sie uns doch nicht verweigern, oder? Bitte!«

»Einverstanden, aber wirklich nur noch eine.« Jakob konzentriert sich einen Moment. »Hitler muß einsehen, daß er den Krieg verloren hat. Er fragt einen seiner Offiziere: ›Wie konnte das geschehen?‹ Der Offizier antwortet: ›Schuld sind die jüdischen Generäle, mein Führer!‹ Hitler entrüstet: ›Was reden Sie denn da! Ich habe doch keine jüdischen Generäle!‹ Darauf der Offizier: ›Ja, wir nicht, aber die anderen …‹«

Die Männer lachten, auch Jakob fand seinen Witz sehr gelungen.

»Unter uns«, meinte er, »auf der Bühne habe ich den noch nicht erzählt!«

Der ältere Mann kommentierte schmunzelnd: »Das glaube ich Ihnen gern. Mit dem Witz landet man heute ganz schnell in einem Konzentrationslager.«

»Na«, sagte Jakob mit seinem listigen Blick, »wir sind ja schon auf dem besten Weg … Ich geh dann mal.«

Abseits der fröhlichen Männerrunde versuchte Lea Neumann, ihrem Baby die Brust zu geben, aber vergeblich. Ihr Körper produzierte keine Milch mehr. Sie stand auf und sagte zu Henry: »Halte bitte mal David.«

»Was willst du denn machen?« fragte er, während er ihr das Baby abnahm.

»Das kann ich dir sagen. Ich mache genau das, was Erika gestern gemacht hat. Ihr Aaron hat auch was davon abbekommen.«

»Du willst doch damit nicht etwa sagen, daß du …«

»Genau!«

Mit energischen Schritten verschwand sie hinter dem mit Mänteln und anderen Kleidungsstücken improvisierten Vorhang, wo jeder seine Notdurft verrichtete. Nach wenigen

Augenblicken kam sie zurück. »Ich konnte nichts aus dem Eimer trinken. Es ist nichts Flüssiges mehr da.«

Nina nahm Leas Hand und sagte: »Komm mit mir, Mami, ich kann dir helfen.«

Wer nicht wach war, wurde durch Schüsse aus dem Schlaf gerissen. Sie kamen vom hinteren Ende des Zuges, wo ein Ukrainer mit dem Maschinengewehr auf Rehe geschossen und auch getroffen hatte.

Jerzy und Marian konnten sich nicht erklären, was draußen los war und brachten den Zug zum Stehen. Dann entdeckten sie die toten Rehe auf der Wiese.

Crewes kam wild gestikulierend in den Lokführerstand und brüllte: »Sind Sie wahnsinnig geworden, den Zug anzuhalten? Wir haben schon zwei Tage Verspätung, und irgendwann möchte ich das Judenpack loswerden. Also ganz schnell weiter!«

Jerzy blieb gelassen und meinte: »Da liegen bestimmt zweihundert Kilo Wild auf der Wiese oder vielleicht sogar noch mehr. Sie werden der beliebteste Mann Ihrer Truppe sein, wenn Sie das Fleisch unter Ihren Leuten verteilen. So ein Festschmaus wird denen ja auch nicht alle Tage geboten.«

Der Untersturmführer überlegte einen Moment, dann sprang er von der Lok und rief den Begleitleuten zu: »Holt die Tiere und laßt uns das Fleisch braten!«

Jerzy sah Marian an, der die Szene schweigend beobachtet hatte. »Sieh's doch mal so: Ich habe deinen Juden ein paar Stunden Leben geschenkt. Vielleicht sind sie uns sogar dankbar dafür.«

»Dankbar? Daß wir ihr Leid verlängern? Na, ich weiß nicht, ob sie uns dafür dankbar sein können. Aber nun ist es ja sowieso egal.«

»Ich gebe dir ja recht, Marian, es ist wirklich eine Scheißarbeit, die wir hier machen. Aber wenigstens hocken wir nicht hinten in diesen gottverdammten Waggons.«

Dort hatten sich die Aktivitäten rasch herumgesprochen. In unmittelbarer Nähe bereiteten die Uniformierten ein Lagerfeuer vor. Beginn für ein gemütliches Picknick unter ungewöhnlichen Umständen.

Für dieses Szenarium hatte Henry im Moment überhaupt keinen Sinn. Er machte sich Sorgen um seinen Sohn David, der eine kochendheiße Stirn hatte und schwer atmend in Leas Armen lag. Henry trommelte gegen die Wand und schrie aus dem Fenster: »Wasser! Mein Sohn stirbt! Gebt uns Wasser! Wir alle sterben!«

Ein SS-Mann näherte sich, zog seine Pistole und zielte auf Henry. »Ein Wort noch, Jude, und ich schieße.«

Aber Henry gab keine Ruhe: »Bitte, ich flehe euch an, gebt etwas Wasser rein. Mein Sohn vertrocknet, und er ist erst zwölf Monate alt.«

Der Mann hatte immer noch seine Waffe auf ihn gerichtet und rief ihm zu: »Ihr bekommt eure Ration, sobald wir den nächsten Bahnhof erreichen. Aber jetzt« – und er zeigte auf das Fleisch, das schon über das Feuer gehalten wurde – »kriegen wir erst mal unsere Ration ...«

»Bis wir den nächsten Bahnhof erreichen, sind die meisten von uns tot«, rief Henry. »Der Waggon ist schon jetzt voller Leichen.«

»Um so besser, dann gibt es mehr Wasser für die, die übrigbleiben.«

Weinend ging Henry zu Lea und dem Kind.

Nina fragte: »Wird er sterben, unser David?« Und Lea sagte: »Gott wird uns beistehen.«

Die SS-Leute und die Ukrainer hatten es sich unterdessen am Lagerfeuer gemütlich gemacht. Mit Messern schnitten sie sich Fleischstücke von den an Spießen hängenden Rehen ab und ließen Wodkaflaschen kreisen. Der Geruch des gebratenen Fleisches drang bis zu den Waggons und weckte bei den Juden erneut und heftiger denn je Wünsche nach etwas zu essen.

»Wir haben auch Hunger!« rief Albert den lachenden und feixenden Männern zu. »Gebt uns bitte was zu essen! Wir haben seit Tagen nichts bekommen! Was ihr da habt, das reicht doch für uns alle.«

Die Antwort waren Warnschüsse, die einige der Männer in Richtung des Waggons abgaben. Einer fragte zynisch: »Noch jemand hungrig?«

Albert trat vom Fenster zurück und sagte zu Henry, der neben ihm stand: »Sie kennen kein Erbarmen mit uns, diese Unmenschen. Die fressen und saufen und erzählen sich Witze. Und wir krepieren.«

Jakob Noschik, der kleingewachsene große Optimist, sagte zu Henry und Albert: »Die erzählen sich Witze? Na, wer könnte das besser als ich? Ich erzähle denen ein paar Witze, und wenn sie wollen, kann ich ihnen auch noch was vorsingen.«

»Das ist doch nicht dein Ernst«, meinte Gabrielle, die alles nur noch wie in Trance wahrnahm. »Ausgerechnet du willst diese Bestien erheitern?«

»Die sind doch schon angeheitert. Und man weiß doch: Betrunkene lachen über alles. Wenn ich Glück habe, lassen Sie sich umstimmen und geben uns doch etwas zu essen und zu trinken. Der alte Jakob hat noch jeden zum Lachen gekriegt. Außerdem kann ich mir mein Publikum nicht aussuchen. Und du hast Hunger.«

Dann bat er Henry und Albert, ihn hochzuheben, damit er aus dem Fenster direkten Blickkontakt hatte.

Einer der Männer am Feuer entdeckte ihn und sagte lachend zu seinen Zechkumpanen: »Guckt mal, so viele können da drinnen ja noch nicht verreckt sein – da ist schon wieder einer, der uns anbetteln will. So sind sie, die Juden. Irgendeiner ist immer da, der das Maul aufreißt. Stimmt's, Alter, du willst auch ein Stück Fleisch von uns haben?«

»Nein, nein, ich nicht. Nicht für mich. Aber hier sind Kinder und Frauen, die verhungern. Gebt doch wenigstens denen was zu essen. Und ihr sollt es auch nicht umsonst machen!«

Nun lachten alle in der Runde. Einer meinte: »Hört mal, da will das Judenschwein ein Geschäft mit uns machen. Die Zeiten sind ja eigentlich ein für alle mal vorbei, aber erzähl doch mal, Jude, was du uns anzubieten hast.«

»Ich bin ein wunderbarer Alleinunterhalter. Kenne tausend Witze und mehr, und singen kann ich auch. Ja, ich werd' mit einem Lied anfangen.« Jakob machte auf lustig.

»Auf der grünen Wiese
hab' ich sie gefragt,
liebst du mich, Luise,
ja hat sie gesagt.«

Die Soldaten amüsierten sich. Jakob fühlte sich aufgemuntert und sang tapfer Strophe um Strophe. Die anderen im Waggon schauten durch die Ritzen. Sie hofften darauf, daß Jakob die Männer da draußen umstimmen konnte und sie vielleicht doch was abkriegen würden.

Als Jakob seine Darbietung beendet hatte, flehte er noch einmal: »Bitte, gebt uns was zu essen.«

Einer der angeheiterten Männer meinte: »Von mir aus kann er was haben!«

Er stand auf, nahm ein großes Stück Fleisch vom Feuer und ging auf den Waggon zu.

Jakob traute seinen Augen nicht und stammelte vor sich hin: »Das kann doch nicht wahr sein. Sie wollen uns tatsächlich was abgeben.«

Kurz bevor der SS-Mann dazu kam, Jakob das Fleisch mit einem Spieß hochzureichen, tauchte plötzlich Crewes auf.

»Sind Sie übergeschnappt?« herrschte der Untersturmführer den Mann an. »Wir sind doch nicht dazu da, die Juden abzufüttern. Die haben genau das, was sie verdienen. Die haben hier nicht rumzuschreien. Wirklich wahr: Diese Juden sind wie die Tiere.«

»Das sollte für das Lied sein. Der alte Schuft hat keine schlechte Stimme.«

Crewes entriß dem SS-Mann das Fleisch und warf es zu

Boden. »Hört sofort mit der Sauferei auf! Ihr wißt ja nicht mehr, was ihr tut. Am Ende bittet ihr sie noch hier auf die Wiese.«

Jerzy und Marian saßen ein Stück von den anderen entfernt. Auch sie ließen sich das Fleisch schmecken, und Jerzy trank dazu genußvoll aus der Wodkaflasche. Er hänselte Marian: »Es kommt mir so vor, als hätten deine Gewissensbisse den Juden gegenüber ein wenig nachgelassen, oder?«

Marian reagierte gereizt: »Hast du die Juden schon immer so gehaßt, oder haßt du sie nur, um dich mit deinen Herren gut zu stellen?«

»Weißt du was?« sagte Jerzy lachend und schnitt noch ein Stück Fleisch ab. »Ich hasse die Juden. Ich hasse die Deutschen. Ich hasse meine Schwiegermutter und manchmal auch meinen Hund.«

Die Menschen im Waggon begriffen, daß sie doch nichts zu essen bekommen würden, und schrien ihre Verzweiflung hinaus.

Jakob sackte in sich zusammen. »Umsonst, es war alles umsonst«, meinte er.

Gabrielle strich ihm über die Wange: »Du hast es wenigstens versucht«, sagte sie liebevoll, »und beinahe hättest du es ja auch geschafft.«

Henry hämmerte weiter gegen die Wand. Er war wie von Sinnen. Andere versuchten ihn wegzuziehen, nachdem sie gesehen hatten, daß Crewes mit gezogener Pistole vor dem Wagen stand.

»Er wird dich erschießen, Henry, wenn du das nicht sein läßt«, sagte Albert, und auch Lea beschwor ihn: »Hör endlich auf!«

Erst als Nina auf ihn einredete, beruhigte er sich. »Papa, du mußt aufhören. Du darfst nicht sterben.« Er nahm seine Tochter in den Arm. Nina schluchzend: »Das darfst du nie wieder tun, Papa. Nie, nie wieder. Versprich es mir!«

Wie gewohnt saßen Frau Salomon und Frau Rosinski nebeneinander. Der Proviant, den sie sich geteilt hatten, war längst verzehrt. Selbst sie, die die Geschehnisse der vergangenen Tage fast teilnahmslos wahrgenommen hatten, waren von Hunger und Durst gezeichnet und hätten sich gewünscht, daß Jakob mit seiner Singerei Erfolg gehabt hätte.

»Gesungen wie Richard Tauber hat er ja nicht gerade«, bemerkte Frau Salomon mit einem Anflug von Humor und summte »›Gern hab' ich die Frau'n geküsst ...‹ Vielleicht hätte dieser Jakob mit dem Lied mehr Glück gehabt.«

»Das glaub ich nicht«, meinte Frau Rosinski. »Mit dem Tauber sind sie ja auch nicht gerade sanft umgegangen, obwohl der nur Halbjude war. Ich habe den noch im Metropol-Theater gesehen, das war herrlich, diese Melodien und diese Stimme.« Dann trällerte sie los:

»Dein ist mein ganzes Herz,
wo du nicht bist,
kann ich nicht sein.

So, wie die Blume welkt,
wenn sie nicht küßt der Sonnenschein.
Dein ist mein schönstes Lied,
weil es allein aus der Liebe erblüht ...«

Frau Rosinski stimmte ein:

»... sag mir noch einmal
mein einzig Lieb,
oh sag noch einmal mir,
ich hab dich lieb ...«

Erst lachten beide über ihr gemeinsames Ständchen, aber dann holte die Wirklichkeit sie wieder ein, und sie schauten zu Jakob hinüber, der zusammengesunken neben seiner Gabrielle saß.

»Er ist ja auch schon ziemlich schwach«, sagte Frau Rosinski. »Sicher hat er für seine Darbietung noch mal alle Kraft aufgebracht und versucht, sein Bestes zu geben.«

Es klang fast wie eine Entschuldigung. Frau Salomon nickte.

Auf der Wiese lagen überall Essensreste herum, dazwischen leere Wodkaflaschen. Einige Männer hatten sich hingelegt, um ihren Rausch auszuschlafen. Crewes trieb sie hoch: »Hier wird Ordnung gemacht und dann geht's weiter. Wir haben schon genug Zeit verplempert. Mir reicht's jetzt!«

Dennoch vergingen noch zwei Stunden, bis der Zug sich wieder in Bewegung setzte.

Lea, Henry und Nina saßen beieinander. Lea hielt David im Arm, der kaum noch atmete.

Henry streichelte ihn. »Halte durch, kleiner Mann«, flüsterte er, »halte durch, mein kleiner Held.« Er hatte Tränen in den Augen, als er Lea ansah. »Es tut mir so leid, so schrecklich leid. Wir hätten in den Untergrund gehen sollen, genau wie du es wolltest. Aber du mußt mir glauben, er hätte kommen müssen, es war alles abgemacht, daß er uns nach Schweden bringt …«

»Wovon sprichst du denn, Henry?« fragte Lea und sah ihn verständnislos an. »Darüber müssen wir doch nicht mehr reden. Es ist doch alles so lange her …«

»Glaube mir, bitte, ich hatte ihm so viel bezahlt, er hatte es versprochen …«

Lea erwiderte nichts. Sie versuchte wieder einmal, David zu stillen, aber vergeblich. Ihm galt nun ihre ganze Sorge, denn mit jedem Atemzug wurde er schwächer.

»Gib ihn mir«, sagte Henry, »du mußt ja völlig erschöpft sein.« Er wollte ihr David abnehmen, aber sie ließ es nicht zu, sondern drehte sich weg.

»Was kann ich dafür, daß er nicht gekommen ist?« unternahm Henry einen weiteren Versuch, mit Lea zu sprechen, doch eine Antwort bekam er wieder nicht.

»Ist Mami böse auf dich?« wollte Nina wissen und schaute von einem zum anderen.

»Nein, nein«, beruhigte Henry seine Tochter, »ist schon gut.«

Nina rückte näher zu ihrer Mutter.

Ruth schaute zu Gabrielle, die kaum noch bei Bewußtsein war. »Wie geht es ihr denn?« fragte sie Jakob.

Er versuchte zu lächeln. »Sie ist stark, stärker als ich jedenfalls.«

Ruth griff nach Gabrielles Hand, die sich wie Pergament anfühlte. »Wie die Hände meiner Großmutter …«

Gabrielle öffnete die Augen und gab Jakob zu verstehen, daß sie zum Eimer mußte. Er half ihr hoch und führte sie langsam hinter den Vorhang.

Albert hatte sich inzwischen wieder an die Arbeit gemacht. Nach einiger Zeit löste Henry ihn ab. Die Öffnung war inzwischen so groß, daß ein Kind durchgepaßt hätte.

»Wir müssen noch ein wenig hämmern«, sagte Henry, »damit auch Erwachsene durchkommen, und viel Zeit haben wir vielleicht nicht mehr.«

Der Zug fuhr langsamer, und Albert blickte aus dem Fenster.

»Ein Bahnhof«, rief er laut, »vielleicht bekommen wir da Wasser, wie sie uns versprochen haben!«

Sofort waren alle, die noch dazu in der Lage waren, auf den Beinen und schauten durch die Ritzen, um sich selber ein Bild zu machen. Aber viel war nicht zu entdecken. Der Zug hatte inzwischen auf dem Bahnhof angehalten. Minutenlang passierte gar nichts. Dann tauchten einige polnische Arbeiter mit Wasserschläuchen auf und spritzten die Lokomotive und ein paar der Waggons ab.

Es war ein ungewöhnlicher warmer Tag, und die überwiegend jungen Arbeiter begannen damit, sich gegenseitig zu bespritzen. Einer von ihnen hielt das Ende des Schlauches zu, dann löste er den Druck, und der Wasserstrahl traf auf einen Hund, der versuchte, das Wasser mit der Schnauze aufzufangen. Der Anblick dieser Spielereien geriet zur Tortur für die Juden, die wie paralysiert wirkten.

Wieder war es Henry Neumann, der als erster durchs Fenster schrie: »Gebt uns bitte etwas Wasser, wir verdursten. Wir haben seit Tagen nichts mehr getrunken.«

Die anderen fielen in den Hilferuf ein: »Wasser! Gebt uns Wasser, bitte!«

Die polnischen Arbeiter waren aufmerksam geworden und näherten sich dem Waggon. Sie neckten die Insassen, indem sie den Schlauch in ihre Richtung hielten. Nur wenige Spritzer trafen auf die, die am Fenster standen. Das meiste Wasser zerrann auf dem Bahnsteig.

»Das könnt ihr doch nicht machen! Für euch ist es so leicht, den Schlauch hier mal reinzuhalten ...«

Wahrscheinlich verstanden die Polen kein Wort von dem, was die Juden ihnen zuriefen, doch an den verzweifelten Gesichtern erkannten sie die Not der Menschen. Es war auch nicht der erste Zug, der an diesem Bahnhof angehalten hatte.

Endlich hielten sie die Schläuche in den Waggon, in dem erneut Panik ausbrach. Diesmal, weil die Menschen nun unverhofft das bekamen, wonach sie seit Tagen lechzten. Selbst die, sie sich zuletzt kaum noch erheben konnten, standen plötzlich auf und suchten nach Behältern, in denen sie das Wasser auffangen konnten: Becher, Tassen, Hüte und Mützen, sogar Schuhe wurden in die Höhe gehalten. Ein paar lagen auf dem Boden und leckten das Wasser auf.

Dann war es plötzlich vorbei mit dem Wassersegen. Die Arbeiter bewegten sich mit ihren Schläuchen zu den nächsten Waggons.

Gabrielle griff nach ihrer Handtasche und holte eine schmale goldene Uhr heraus. Sie schob sie durch ein kleines Loch in der Wand und rief laut: »Bitte gebt uns noch mehr Wasser. Hier, seht, die schöne Uhr. Die ist für euch. Es ist das einzige, was ich noch habe, ein Erbstück!«

Ein Pole nahm sich die Uhr und hielt den Schlauch sofort durch das Fenster. Die anderen Arbeiter hatten amüsiert die Szene beobachtet: Eine Uhr für ein bißchen Wasser – das hatten sie noch nicht erlebt.

Gabrielles Idee fand bei den anderen im Waggon spontan Nachahmer. Ketten, Ohrringe, Broschen und Uhren wurden aus Koffern, Taschen und Mantelsäumen herausgeklaubt und durch Waggonritzen und durchs Fenster nach draußen geworfen. Eifrig sammelten die Polen die kleinen Kostbarkeiten zusammen und wässerten regelrecht den Waggon.

Gabrielle, die vor Schwäche zusammengebrochen war, leckte das Wasser vom Boden auf, wobei sie sich an einem Holzsplitter Lippen und Zunge verletzte. Sie merkte es nicht. Die anderen begannen sich nun um die Vorratshaltung zu kümmern. Selbst die Koffer, die vorher ausgepackt worden waren, wurden nun mit Wasser gefüllt. Albert reichte Ruth eine Mütze, aus der sie gierig trank. Henry schöpfte aus seinem Koffer eine Tasse Wasser und reichte sie an Lea weiter, die erst den kleinen David mit ein paar Tropfen versorgte und ihre Lippen benetzte.

Dann trank Lea, und schließlich bekam Nina die Tasse. Sie

wollte gerade ansetzen zu trinken, als Frau Silberstein auf sie losstürzte und ihr die Tasse entreißen wollte. »Ich will auch was haben! Ich habe auch ein Recht zu leben!«

Henry zerrte die Frau von Nina weg und reichte ihr einen Becher mit Wasser. Dann zog er sein völlig durchtränktes Hemd aus und wrang es aus, bis der letzte Tropfen in den Koffer gefallen war.

Draußen gestikulierten die Polen dreist, daß sie noch mehr Schmuck haben wollten. Die Wasserzufuhr hatten sie inzwischen unterbrochen.

Im Waggon rief Frau Rosinski: »Die Toten hier tragen doch noch ihre Uhren und Ketten ...«

Alle verstummten, doch nur kurze Zeit. Die Angehörigen der im Waggon Verstorbenen protestierten zunächst, ließen es dann aber nicht nur geschehen, sondern nahmen ihren Toten selber den Schmuck ab und reichten ihn hinaus, worauf das Wasser wieder zu fließen begann. Es wurde nicht nur zum Trinken aufgefangen, sondern auch zum Waschen. Eine Wohltat nach all der Zeit.

Ganz abrupt jedoch versiegte der Strahl. Wieder war SS-Untersturmführer Crewes zur Stelle, der dem Treiben Einhalt gebot und die Polen von den Ukrainern beiseite drängen ließ. Dann ging er zu den Lokführern und gab den Befehl zur Weiterfahrt.

Auch Jakob hatte die Erfrischung gutgetan. »Ein bißchen Wasser – das ist nun unser ganzes Glück. Ist das nicht verrückt, mein Schatz?« sagte er zu Gabrielle.

Sie war so geschwächt, daß sie nichts mitbekam. Aber ein sanftes Lächeln lag auf ihrem Gesicht. »Ach, Jakob«, flüsterte sie nur, und der streichelte ihre Pianistenhände, mit denen sie so vielen Menschen Freude bereitet hatte. Aneinandergelehnt und mit geschlossenen Augen träumten sie von ihren großen Zeiten.

Trampelnde Füße, Hände, die klatschen. Gabrielle ruft in Panik: »Jakob, wir sind zu spät! Wir müssen ins Theater! Sie stampfen mit den Füßen, sie sind böse, weil wir so spät sind.«

»Ganz ruhig, Schatz! Mein Publikum liebt mich doch.«

Im Laufschritt biegen Gabrielle und Jakob in eine Seitenstraße mit alten Lagerhallen und Fabriken ein. Das Klatschen und Stampfen wird lauter und lauter.

Vor dem Theater hängt ein großes Plakat: »Gesang und Tanzabend mit Jakob Noschik«. Wenig später setzt sich Gabrielle ans Klavier, und als Jakob die Bühne betritt, wird ein Scheinwerfer auf ihn gerichtet.

Das Theater, eine heruntergekommene Lagerhalle mit winziger Bühne, bietet gerade mal hundert Personen Platz. Jakob beginnt mit einem Potpourri aus der »Rumänischen Hochzeit«, er springt von einem Lied zu anderen, als hätte er Angst, seine Vorstellung könnte mittendrin unterbrochen werden. Er hüpft von der Bühne in den Zuschauerraum, verfolgt vom Lichtkegel. Es scheint, als würde er jeden im Raum kennen. Er setzt sich auf die Schöße von Männern und Frauen, schüttelt Hände, küßt junge Damen und kleine Kinder. Und immer singt und tanzt er, springt zurück auf die Bühne und fordert das Publikum auf, mitzusingen. Die Menschen lassen sich nicht lange bitten – und da ist es wieder: das vertraute Trampeln und Klatschen …

Jakob öffnete die Augen. »Ich hab' an unsere letzte Vorstellung gedacht«, flüsterte er Gabrielle zu.

Wegen ihrer verletzten Zunge, die immer noch blutete, war sie nur schwer zu verstehen: »Du bist nicht mal bis zur Ode an die Freude gekommen, Jakob.« Sie faßte sich an den Mund. »Warum habe ich denn den Geschmack von Blut im Mund?« fragte sie verwundert. Sie schien völlig durcheinander zu sein. Ihre Augen waren wieder geschlossen, und mit den Händen fuhr sie unruhig über den Mantel, der ihre Beine bedeckte.

Jakob blickte betrübt auf diese alt gewordenen Hände und auf das einst so hübsche Gesicht seiner Gabrielle, die so lustig sein konnte. Nichts war davon geblieben.

Henry arbeitete an der Öffnung im Boden, höhlte sie Zentimeter um Zentimeter weiter aus. Nina war bei ihm. Sie sah durch das Loch auf das Zugbett. Der Schotter und die Bohlen schienen immer schneller vorbeizuhuschen.

»Ich habe Angst, Papa«, sagte Nina und zeigte auf das Loch.

»Das mußt du nicht«, beruhigte Henry sie. »Wir werden nicht springen, wenn der Zug fährt, sondern warten, bis er hält, am besten wieder auf freier Strecke. Dann ist alles nur noch halb so schlimm.«

Nina umarmte ihren Vater und rieb ihre Wange an seiner. »Du mußt dich rasieren, Papa. Weißt du, daß ich dich ganz doll lieb habe? Manchmal glaube ich, daß ich das schlimmste Mädchen auf der ganzen Welt bin, weil ich dir das nicht oft genug sage. Die Mami meint, daß ich dich immerzu ärgere.«

»Ach, was, Ninalein, so schlimm ist es ja nun auch nicht. Außerdem habe ich meine Eltern in deinem Alter auch schon mal geärgert.«

»Was hast du denn gemacht?«

»Ich habe mich zum Beispiel immer versteckt, wenn Besuch kam. Vor allem vor den Hohlfelds. Die konnte ich nicht leiden, weil die Frau mich immer abgeküßt hat, das war einfach eklig.«

Nina lachte und bedeckte das Gesicht ihres Vater mit Küssen.«

»Das findest du nicht eklig, oder?«

»Nein, meine Kleine, das finde ich nicht eklig.«

Lea hatte die kleine Zärtelei zwischen Vater und Tochter mit einem Lächeln beobachtet. Gerührt streichelte sie Davids Gesicht und stellte fest, daß es sich ganz kalt anfühlte. Sie hob das Baby hoch, schüttelte es, aber es hing schlaff in ihren Händen. In Panik legte sie ein Ohr an Davids Lippen. Er atmete nicht mehr.

»Henry, Henry«, schrie sie und schüttelte ihr Baby hin und her.

Ihr Mann sprang überhastet auf und bemerkte dabei nicht, daß er mit einem Fuß die Axt berührte, die durch das Loch fiel. Nina versuchte noch, danach zu greifen, aber sie schaffte es nicht. Sie lief ihrem Vater hinterher. Er fühlte Davids Puls, versuchte eine Mund-zu-Mund-Beatmung. Jemand rief nach Doktor Friedlich, der das aber nicht hörte. Er wäre ohnehin zu spät gekommen.

Erst allmählich begriff Lea, daß ihr Kind tot war. Sie preßte es an sich und fing an zu schreien. Nina wollte zu ihrem Bruder, aber Lea stieß sie weg. Sie ließ auch Henry nicht an ihr totes Kind heran.

»Hört auf!« schrie sie. »Laßt ihn in Ruhe! Laßt ihn in Ruhe!« Wie von Sinnen bewegte sie sich hin und her, als wollte sie David in den Schlaf wiegen. Bald war nur noch ihr leises Wimmern zu hören. Henry kümmerte sich um Nina, die nicht aufhörte zu weinen.

Gabrielle war zu sich gekommen, wußte aber nicht, was geschehen war. Sie sah Leas unglückliches Gesicht und fragte: »Was ist denn los? Warum ist sie so traurig?«

»Es ist nichts«, antwortete Jakob. »Sie hat schlecht geträumt. Schlaf nur weiter! Erinnerst du dich an das Jubiläumsfest? Du hast die Ungarische Rhapsodie Nummer zwei von Liszt gespielt. Den zweiten Satz. Sogar auf diesem uralten Klavier klang es himmlisch.«

Gabrielle schlief wieder ein.

Lea, die niemand an sich herankommen ließ, strich über Davids Haar, das immer noch feucht war, berührte seine Wangen, küßte seine Stirn, ganz so, als würde ihr Kind noch leben.

In einer Ecke entdeckte Ruth Erika Friedlich, die kaum einen halben Meter von ihrem Vater entfernt kauerte. Auch sie hielt ihr Baby im Arm, aber sie schaukelt es nicht. Sie hatte eine Hand auf Aarons Mund und Nase gepreßt und starrte regungslos vor sich hin. Ruth bahnte sich den Weg zu ihr, versuchte, ihre Hand wegzureißen.

Doktor Friedlich sah erst auf Ruth, dann auf seine Tochter und ahnte sofort, was los war. »Was tust du da?« rief er, »um Gottes willen, was tust du?«

Es gelang ihm, Erikas Hand von Aarons Gesicht zu reißen, doch es war zu spät, das Baby war schon tot. Doktor Friedlich war wie von Sinnen. In seiner Verzweiflung schlug er mit dem Kopf gegen die Wand, wieder und wieder.

Erika blickte Lea an. »Gott hat dir dein Baby genommen, ich wollte, daß er mir meines auch wegnimmt.«

Kapitel 9
»Wenn du Angst hast, sprich das Shema Israel«

Die schrecklichen Ereignisse ließen alle verstummen. Kaum jemand war in der Lage, Trost zu spenden, aber der hätte ohnehin weder Lea noch Erika in ihrem Schmerz erreicht. Selbst zwischen Henry und Lea war eine merkwürdige Distanz entstanden, in gewisser Weise auch zwischen Lea und ihrer Tochter. Nina war der Situation hilflos ausgesetzt. Eigentlich wollte sie ihren kleinen Bruder küssen und ihn noch einmal streicheln, aber die schroffe Zurückweisung durch ihre Mutter hielt sie zurück.

»Ich werde mal da drüben weitermachen, das Loch ist noch nicht groß genug, und wer weiß, wieviel Zeit wir überhaupt noch haben«, sagte Henry und fragte Albert: »Sag mal, wo ist denn die Axt abgeblieben?«

Albert machte ein betretenes Gesicht. »Die ist ins Loch gefallen, als du aufgesprungen bist, um zu Lea zu gehen.«

»Sag, daß das nicht wahr ist, Albert.«

Albert nickte: »Doch, leider, es ist so. Wir müssen uns jetzt etwas anderes einfallen lassen. Warte mal, ich hab doch noch eine Nagelfeile.«

Auch Ruth und Henry wurden fündig, und wenig später arbeiteten alle drei an der Öffnung, ein mühsames Vorgehen, das sie aber auch ein wenig ablenkte von der Realität. Bald waren ihre Hände blutig, sie selbst schweißgebadet.

Stunden später meinte Albert zu Ruth: »Ein bißchen größer ist das Loch ja schon geworden. Willst du es nicht mal probieren, ob du durchkommen würdest?«

Ruth nickte und stieg ins Loch, aber an den Hüften blieb sie hängen. Die Männer zogen sie wieder heraus.

»Wenn es für dich sogar noch zu schmal ist, wie sollen es dann die anderen schaffen? Da müssen wir also noch mal ran«, sagte Henry.

Bevor er sich mit den beiden anderen wieder an die Arbeit machte, kroch er zu Lea zurück: »Es dauerte nicht mehr lange, dann haben wir es geschafft. Wenn dann der Zug langsamer fährt, werden wir es versuchen.«

»Wir müssen Nina noch vorbereiten«, sagte Lea apathisch.

Nina hängte sich an ihren Vater: »Nein, Papa, ich geh nicht ohne dich!«

»Du gehst mit Mama, und ich komme nach, versprochen. Du mußt dir nur schwarze Sachen anziehen, Mama wird sie dir geben.«

Lea legte den toten David auf eine Decke und holte sich aus einem Koffer ein schwarzes Kleid. Sie zog sich um, ohne sich darum zu kümmern, daß alle ihr zuschauten. Henry kramte die Sachen für Nina heraus, und auch sie begann sofort, sich umzuziehen.

Während sie damit beschäftigt war, sprach er leise zu ihr: »Du mußt dich jetzt um deine Mutter kümmern, Nina. Sie braucht dich mehr denn je. Und wenn du Angst hast, weißt du, was du tun mußt.«

»Das Shema Israel sprechen.«

»Und wenn du Sehnsucht nach mir hast?«

Nina brach in Tränen aus. »Du kannst uns nicht allein lassen, Papa.«

Henry nahm sie in den Arm. »Du siehst mich ja wieder, Kind. Der Krieg ist bestimmt bald vorbei. Also: Was tust du, wenn du Sehnsucht hast?«

»Auch das Shema Israel beten?« fragte Nina zögernd.

»So ist es. Und dann sprichst du in den Himmel hinauf, und ich höre dir zu. Ich höre dich. Ganz bestimmt.«

»Aber du bist doch nicht der liebe Gott ...«

»Ich höre dich trotzdem.«

Zwei Stunden später – es war immer noch Nacht – glaubten Henry, Albert und Ruth, ihr Ziel erreicht zu haben, und waren überzeugt, daß das Loch nun für alle groß genug sei.

Henry hatte die Regie übernommen und teilte den anderen im Waggon mit, wie er sich die Flucht vorstellte: »Meine Frau geht als erste, sie wird Nina helfen, und dann folgt ihnen Ruth. Sobald der Zug langsamer wird, geht es los. Es ist wichtig, daß alle bereit sind. Sollten euch die Nazis erwischen, sagt ihnen, ihr seid Deutsche und von Partisanen ausgeraubt worden.«

So recht glaubte er selbst nicht daran, daß diese geschwächten, halbtoten Menschen überhaupt bereit sein würden, den Ausbruch zu wagen. Und der Rat an sie, sich in diesem Zustand den Deutschen gegenüber als Deutsche ausgeben zu können, entbehrte auch jeder Vernunft. Aber Henry wollte alle mit einbeziehen, ihnen nicht die letzte Hoffnung rauben.

Nun, so kurz vor der Trennung, umarmten sich Ruth und Albert, und dann legte er ihr die Kette um den Hals, die sie ihm zurückgebracht hatte, nachdem ihr Vater abgeholt worden war.

»Die Kette wird dir immer Glück bringen«, hatte der Vater ihr gesagt, als sie damals bei Albert Rosen im Juweliergeschäft standen.

»Sicher bringt dir die Kette diesmal wirklich Glück, genau wie dein Vater es prophezeit hat«, sagte Albert nun zu ihr. »Ich erinnere mich noch sehr gut an den Tag, an dem ich dich das erstemal in meinem Laden gesehen habe.«

»Das geht mir ganz genauso.« Beide hatten den Moment ihrer Begegnung genau vor Augen ...

Hershel Zilberman und seine Tochter Ruth betreten den Juwelierladen in Berlin-Schöneberg, an dessen Schaufenster ein Schild mit der warnenden Aufschrift »Kauft nicht bei Juden!« hängt.

Der Inhaber Albert Rosen legt die Lupe beiseite, mit der er gerade das Innere einer Uhr betrachtet hat. »Ach, ist ja schön, daß sich hier mal wieder einer reintraut. Herr Zilberman, was verschafft mir die Ehre?« Sein Blick ist sofort auf Ruth gefallen.

»Meine Tochter ist heute achtzehn geworden. Da möchte ich ihr gern eine Freude machen.«

»Ich habe gar nicht gewußt, daß Sie eine so hübsche Tochter haben, Herr Zilberman. Herzlichen Glückwunsch, mein Fräulein. An was dachten Sie denn?« fragt Albert.

»Ich dachte an Ohrringe«, antwortete Herr Zilberman.

»Papa, ich mag das wirklich nicht, sei mir nicht böse«, meint Ruth.

»Also dann eine Kette. Mir zuliebe. Ich bitte dich, Ruth, mir

liegt soviel daran, dir ein Geschenk zu machen. Die Kette, die du dir heute aussuchst, wird dir immer Glück bringen.«

Es bewegt Ruth, daß das Geschenk ihrem Vater so wichtig ist. »Ja, Papa, eine Kette – das ist eine gute Idee von dir.«

Auf einem samtenen Tablett präsentiert Albert ihr einige schöne Stücke und legt sie ihr selbst um den Hals. Er kann es nicht unterlassen, Ruth dabei schöne Augen zu machen, was ihr keineswegs unangenehm ist.

Es dauert eine ganze Weile, bis Ruth sich entschieden hat. Ihre Wahl fällt auf eine goldene Kette mit einem Smaragd, der mit kleinen Diamanten umlegt ist. Es ist die teuerste der Ketten, die Albert ihr gezeigt hat.

»Wunderbar, die nehmen wir!« freut sich Herr Zilberman. Sie plaudern noch über dies und das, während Albert das schöne Schmuckstück einpackt. Er läßt sich dabei auffallend viel Zeit und schaut immer wieder zu Ruth hinüber.

Frau Salomon fragte Frau Rosinski: »Wollen Sie den Irrsinn mitmachen und sich durch dieses Loch zwängen?«

»Ich habe noch gar nicht gesehen, wie groß es ist, aber ich kann ja mal schauen.«

»Na, dann schauen Sie mal. Aber ich bleibe auf jeden Fall hier. Wenn mein Leben davon abhängt, daß ich mich unter einen Zug lege, dann sterbe ich lieber im Zug.«

Frau Rosinski kam mit skeptischem Gesichtsausdruck zurück. »Sieht ziemlich klein aus. Ich glaube, ich bleib bei Ihnen.«

Dann setzte sie sich wieder zu Frau Salomon.

Albert stellte sich in die Mitte des Waggons und fragte: »Will irgend jemand versuchen, durch das Loch hier zu schlüpfen? Zierliche Frauen und Kinder passen auf alle Fälle durch. Es ist so: Sie lassen sich zwischen die Schienen fallen und bleiben flach liegen. Die Räder sind so hoch, daß Sie nicht verletzt werden können. Wenn der Zug vorüber ist, laufen sie in das nächste Waldstück. Sie müssen nur die Ruhe bewahren. Also, wer macht mit?«

Niemand meldete sich. Deshalb wandte sich Albert zunächst direkt an Sylvie Perles und ihre Töchter. Frau Perles, die sich nicht in der Lage fühlte, eine Entscheidung zu treffen, sah ihre Töchter an. Nora und Dot schüttelten den Kopf. Nur Minnie reagierte nicht.

Frau Perles beugte sich zu ihr und flüsterte: »Minnie, meine Minnie, sie ist tot. Mein Gott! Erst mein Izzie, dann mein Avram und nun meine kleine Minnie ...«

Dann brach sie zusammen, Nora und Dot weinten bitterlich und kümmerten sich um ihre Mutter.

Albert zog sich schweigend zurück. Kurz danach kam Ruth zu der unglücklichen Familie. Sie legte ihre Hand auf Sylvies Schulter und sprach leise auf sie ein.

»Wir sollten Minnie hier nicht so liegen lassen, Frau Perles. Wir legen sie neben ihren Vater. Ich glaube, das hätte sie gern.«

Sylvie antwortete nicht, sondern stieß nur laute Klagetöne aus.

»Dot und Nora brauchen Sie, denken Sie an die beiden, die Ihnen geblieben sind. Das ist jetzt das Wichtigste.«

Die Worte Ruths gaben Frau Perles tatsächlich die Kraft, sich wieder aufzurichten. Sie nickte Ruth zu.

Henry schaute aus dem Fenster und versuchte trotz der Dunkelheit etwas von der Landschaft zu erkennen. Er hatte den Eindruck, daß die Gegend etwas bergiger geworden war, und rief den anderen zu: »Vielleicht haben wir schon bald eine Chance.«

Kurz darauf verlangsamte der Zug tatsächlich seine Fahrt.

»Lea«, rief Henry, »jetzt ist es soweit.«

Lea legte den toten David in einen mit Decken ausgelegten Koffer und küßte seine Stirn. Dann richtete sie sich auf und sagte zu Henry nur: »Ich liebe dich!«

Albert und Henry hielten Lea an den Armen fest, während sie versuchte, in das Loch zu kriechen. Aber sie blieb stecken. »Ich schaffe es nicht«, sagte sie in Panik.

Henry raunte ihr zu: »Du mußt es schaffen!«

Die Männer versuchten nachzuhelfen, drückten und schoben sie ein paar Zentimeter tiefer, aber ihre Hüften erwiesen sich als zu breit. Lea hing fest.

»Holt mich raus, bitte, ich will hier raus«, flehte sie, und nun mußten die Männer wieder viel Kraft aufbringen, diesmal, um sie herauszuziehen.

Leas Strümpfe waren zerrissen, und ihre Beine bluteten von den scharfen Holzsplittern am Rand des Loches. Es blieb aber nicht viel Zeit, über den mißlungenen Versuch nachzudenken, denn jeden Moment konnte der Zug wieder an Fahrt gewinnen.

»So, jetzt bist du dran, Ruth«, sagte Albert. Kurz zuvor hatte er aus seinem Schuhabsatz einige Diamanten herausgeholt und Ruth zugesteckt.

Sie zögerte und meinte: »Die brauchst du doch selber, Albert.«

»Laß mal und vergiß nicht, daß ich zwei Schuhe habe ...«

Henry, Lea und Ruth unterhielten sich kurz miteinander, dann sagte Lea zu ihrer Tochter: »Paß auf, Kleines. Papa und ich haben gerade beschlossen, daß du mit Ruth gehst. Zusammen könnt ihr es schaffen. Wir werden euch so schnell wie möglich folgen.«

Nina sagte kein Wort.

»Ich werde mich um Nina kümmern, als wäre es mein eigenes Kind« meinte Ruth zu Lea.

Sie schlüpfte in das Loch und stützte sich mit den angewinkelten Armen am Rand ab. »Komm jetzt«, sagte sie zu Nina, »du mußt keine Angst haben. Ich halte dich fest, alles wird gut werden.«

Nina rührte sich nicht vom Fleck, und Henry forderte sie auf: »Geh, mach, was sie sagt!«

Das Mädchen reagierte aber nicht. Auch Lea redete auf sie ein: »Du mußt jetzt ganz tapfer sein. Denke nur daran, je früher du hier raus bist, um so eher werden wir uns wiedersehen.«

»Aber wie willst du das schaffen, Mama? Du kommst doch gar nicht durch das Loch durch, sonst könntest du ja auch gleich mitkommen«, meinte Nina und klammerte sich an ihre Mutter.

Henry zog sie von Lea weg, und nun hielt sie sich an ihrem Vater fest. Der war mit den Nerven am Ende und bat Albert, ihm zu helfen. Gemeinsam trugen sie Nina zur Öffnung, und Ruth griff mit einer Hand nach ihrem Bein.

Nina riß sich los und kreischte: »Ich habe solche Angst. Ich habe so große Angst, ich kann nicht.«

»Dann mußt du allein springen, Ruth«, rief Albert ihr zu, aber die schüttelte nur den Kopf: »Nein, ohne Nina gehe ich nicht.«

Henry redete auf Albert ein: »Hast du nicht gemerkt, daß der Zug wieder schneller fährt? Es wäre Selbstmord, jetzt noch zu springen. Komm, wir ziehen Ruth wieder raus.«

So geschah es. Alle außer Nina waren sehr unglücklich. Wieder war ein Versuch gescheitert.

Im Hintergrund hatte das alles Jonathan Mendel beobachtet, der von Anfang an gegen eine Flucht war und einmal sogar gedroht hatte, bei einem Halt die SS zu informieren. Er rief Henry und Albert zu: »Ein Glück, daß es nicht klappt. Ich habe ja schon mal davor gewarnt. Wenn die Flüchtenden erwischt werden, bringen die SS-Leute uns alle um …«

»… das machen sie doch sowieso«, meldete sich Frau Salomon aus dem hinteren Teil des Waggons, »oder glauben Sie vielleicht, daß sie uns in ein Kurbad fahren?«

Vorn im Lokführerhaus tauchte Crewes auf. Er wirkte ziemlich angetrunken.

»Wie lange noch?« fragte er Jerzy und Marian.

Jerzy antwortete: »Spätestens morgen mittag sind wir da.«

»Was? Erst morgen mittag?«

»Wenn nicht wieder was dazwischenkommt, kann es vielleicht auch im Laufe des Vormittags sein«, meinte Marian.

»Es hat jetzt nichts mehr dazwischenzukommen, verstanden?« erregte sich Crewes. »Mein erster Transport – und dann dauert's eine Ewigkeit. Das bleibt doch alles an mir hängen. Wie steh' ich denn jetzt da?«

»Tut uns ja leid, aber wir schalten die Signale nicht auf Rot und fahren auch nicht freiwillig auf ein Nebengleis. Das bestimmen doch ganz andere«, sagte Jerzy.

Der Untersturmführer winkte ab und verschwand torkelnd.

»Der Crewes ist ein richtiges Arschloch. Die Jungen sind sowieso die schlimmsten. Sie buckeln nach oben und treten nach unten. Und wenn sie nicht weiterwissen, besaufen sie sich. Der war doch auch nicht nüchtern«, stellte Marian fest.

»Wir sind doch in ein paar Stunden da. An deiner Stelle wäre ich übrigens ein bißchen vorsichtiger mit den Äußerungen, lieber Marian. Wenn das mal ein anderer hört, bist du fällig.«

»Vorsicht! Vorsicht! Ich bin schon seit vier Jahren vorsichtig, verdammt. Ich will nicht mehr vorsichtig sein. Mir reicht's«, ereiferte sich Marian.

Jerzy konnte seinen Kumpel gut verstehen. Im Grunde dachte er genauso wie er, aber er sorgte sich ein wenig um Marian, der ohnehin in keiner guten Gemütsverfassung war.

»Junge, nimm dir doch das alles nicht so zu Herzen. Wir haben es doch alle nicht leicht. Der Krieg ist bestimmt bald zu Ende. Du solltest so schnell wie möglich nach Hause kommen und dich mit einem Mädel ins Bett legen. Dann vergißt du deine Sorgen und auch deine arme Maria.«

»Sie heißt nicht Maria! Wie oft soll ich dir das noch sagen? Sie heißt Miriam, verstehst du, Miriam heißt sie!«

»Ja ja«, beschwichtigte ihn Jerzy, »ich weiß, sie heißt Miriam. Möchte wissen, warum ich immer Maria sage. Guck mal, jetzt laufen wir erst mal in den nächsten Bahnhof ein, und dann dauert's ja ohnehin nur noch ein paar Stunden.«

Auch im Waggon merkten sie, daß der Zug an Geschwindigkeit abgenommen hatte, und beim Blick aus dem Fenster stellte Henry fest, daß vor ihnen ein Bahnhof lag. Die Endstation?

Kapitel 10
Für die einen ein Wunder, für die anderen die Hölle

»Da vorne ist ein Bahnhof. Vielleicht die letzte Chance, daß Ruth und Nina abhauen können. Dunkel genug ist es noch«, meinte Henry.

Lea meldete Zweifel an. »Auf einem Bahnhof sind immer auch Wachleute. Wie sollen sie denn da unerkannt wegkommen?«

»Ganz einfach«, antwortete Henry, »wir machen hier einen gewaltigen Krawall, schreien nach Wasser und lenken dadurch die Aufmerksamkeit auf uns. Sie werden so viel mit uns zu tun haben, daß sie die beiden gar nicht bemerken. Ruth und Nina laufen dann geduckt über die Schienen und verstecken sich. Wenn sie Glück haben, ist ein Wäldchen in der Nähe.«

»Natürlich«, entrüstete sich Jonathan Mendel, »wir machen auf uns aufmerksam, und wenn die dann hier das Loch entdecken, passiert genau das, was ich vorausgesagt habe. Sie knallen uns ab. Das war's dann für uns alle!«

Henry, Ruth und Albert gingen nicht darauf ein, sie wollten die vielleicht letzte Chance nutzen.

Henry und Albert schlugen und traten wie verrückt gegen die Waggonwand und schrien gleichzeitig nach Wasser und nach etwas zu essen. »Gebt uns doch endlich was, wir können nicht mehr!«

Ihre Schreie wurden immer lauter. Tatsächlich kamen nun SS-Männer und Ukrainer, die eben noch auf dem Bahnhof herumstanden, zum Waggon. Henrys Plan schien zu funktionieren.

»Haltet das Maul, ihr Judenpack, wenn ihr nicht sofort Ruhe gebt, knallt's«, war von draußen zu hören.

Ruth war inzwischen in das Loch gekrochen. Lea gab Nina noch einen Kuß und begleitete sie zu Ruth. Diesmal wehrte sich die Kleine nicht, als Ruth sie nachzog. Sie sprangen hinunter und rannten über die Nebengleise davon. Lea steckte den Kopf durch das Loch und beobachtete voller Schrecken, daß Nina auf den Gleisen hinstürzte. Und daß aus der anderen Richtung ein Gegenzug sich dem Bahnhof näherte.

Das Mädchen war mit einem Schuh auf dem Schotterbett unter einem Gleis hängen geblieben. Ruth, die ein paar Schritte vor Nina war, rannte zurück und versuchte, ihr zu helfen, aber es gelang ihr nicht, Nina aus der gefährlichen Lage zu befreien.

»Du mußt deinen Schuh ausziehen«, sagte Ruth.

»Ich kann nicht«, rief Nina verzweifelt. Vor Angst war sie wie gelähmt. Der Zug kam immer näher, wenn auch langsam.

Henry, Albert und andere, die sich ihnen angeschlossen hatten, schrien immer noch und hämmerten gegen die Wände.

»Können die denn nie ihr dreckiges Maul halten?« schimpfte Crewes. Er griff nach einer Maschinenpistole und schoß um sich. Aus einem Waggon waren Schmerzensschreie zu hören. Ein SS-Mann rief plötzlich: »Da drüben auf den Schienen bewegt sich was!«

Sofort kletterten einige Kameraden über die Kupplung zwischen zwei Waggons.

Ruth versuchte mit Gewalt, Ninas Fuß herauszuziehen, als sie plötzlich unerwartet Hilfe bekam. Männerhände griffen nach Nina und hoben sie gerade noch rechtzeitig vor dem einlaufenden Zug hoch. Jemand anderes nahm Ruths Hand und zog sie mit sich fort.

Noch immer gab Crewes keine Ruhe. Er schoß weiter in der Gegend herum. Ein Querschläger traf einen der Männer, die sich auf den Weg machten, um herauszufinden, was sich da auf den Gleisen bewegt hatte.

Ein anderer rannte zu seinem Kameraden und stellte mit Entsetzen fest, daß der Schuss tödlich war. Fassungslos rief er Crewes zu: »Sie haben Klaus erschossen, Herr Untersturmführer!«

Crewes ließ endlich die Waffe sinken und trat an den Toten heran. Er kniete nieder. »O mein Gott«, flüsterte er. Dann sah er zu seinen betroffen herumstehenden Leuten auf und entschied: »Laßt uns hier abhauen.«

Der Zug setzte sich in Bewegung. Henry und Albert gingen zu Lea, die gegen die Wand lehnte. Wie gebannt starrten die beiden Männer sie an, begierig zu hören, was sie beobachtet hatte.

Unter Lachen und Weinen stammelte Lea: »Sie konnte nicht vor und nicht zurück, unsere Nina. Und die Lichter des Zuges kamen immer näher. Da tauchten diese Leute … ganz plötzlich ... aus der Dunkelheit auf und hoben sie hoch. Aber ein Mann hat genau in dem Moment auf sie gezielt, und dann traf ihn wohl eine Kugel, jedenfalls ist er zusammengebrochen.« Sie holte tief Luft, um weiterreden zu können. »Und dann war der Zug da ... und sie haben's geschafft. Sie haben es geschafft!« Es klang wie ein Jubelschrei. »Ein Wunder, Henry. Es war ganz bestimmt ein Wunder. Ich habe alles gesehen. Ein Wunder ...«

Lea, Henry und Albert lagen sich in den Armen.

Jakob, der neben ihnen stand, schaute Lea nachdenklich an. »Für Sie hat es wie ein Wunder ausgesehen«, sagte er mit trauriger Stimme, »für die Menschen im Waggon nebenan war es die Hölle.«

Seine Worte wirkten ernüchternd, und Lea senkte beschämt den Kopf. Im Waggon herrschte beklemmende Stille. Jeder schien über Jakobs Worte und über ihre eigene Hölle nachzudenken.

An der rückliegenden Wand saß Dr. Friedlich und kämmte sich sorgfältig das volle graue Haar, als wollte er zu einer Verabredung gehen. Er sah seine Tochter an, die noch immer den toten Aaron im Arm hielt. Dann holte er aus seiner Arzttasche eine Spritze. Wieder schaute er auf Erika, die ihm ganz sacht zunickte.

Stunden später entdeckte Albert die beiden. Wie es aussah, hatte Dr. Friedlich erst seine Tochter und dann sich getötet. Die Spritze lag neben ihm.

Der fromme Mann sagte: »Laßt uns beten.«

»Was sollen wir beten?« fragte Sylvie Perles. »Der liebe Gott hört uns sowieso nicht.« Apathisch saßen Nora und

Dot neben ihr. »Wenn die Mädchen nicht wären, hätte ich mich auch schon umgebracht«, sagte Frau Perles.

Jakob war zu seiner Gabrielle zurückgegangen. Er hob sie an und wollte sie auf seinen Schoß betten, aber sie fiel zurück. Sie war tot. Schluchzend beugte er sich über sie und bedeckte das bleiche Gesicht mit Küssen.

»Ich muß sie zu den anderen Toten bringen«, sagte er zu sich selber, doch er hatte nicht mehr die Kraft, es allein zu tun. So bat er Henry und Albert, ihm zu helfen.

Vorsichtig stolperten sie an den schlafenden und halbwachen Menschen vorbei, und bei jedem Schritt stammelte Jakob eine Entschuldigung. »Entschuldigen Sie bitte, bitte entschuldigen Sie, entschuldigen Sie vielmals ...«

Sie legten Gabrielle zu den anderen Toten, und Jakob suchte sich einen Platz neben ihr. Er wollte ihr ganz nah sein. Leise summte er vor sich hin. Henry und Albert zogen sich zurück.

Kapitel 11
Warten und beten, daß jemand die Flucht wagt

Die Fremden, die Ruth und Nina aus ihrer gefährlichen Lage befreit hatten, liefen mit ihren Schützlingen immer tiefer in den Wald hinein. Nina wurde getragen, während Ruth an der Hand eines der Männer hinterherstolperte, weil sie kaum mitkam. Eine junge Frau legte Nina ihren Schal um, die noch nicht begriff, was mit ihr geschah.

»Wer seid ihr denn?« flüsterte Ruth der Frau zu.

»Leise, ganz leise. Wir erklären alles nachher, wir müssen erst noch weiterlaufen.«

Im Hintergrund war das Geräusch eines fahrenden Zuges zu hören, und Ruth ahnte, daß es ihr Zug war. Nun erst wurde ihr richtig bewußt, daß sie von Albert und den anderen getrennt war.

Im Waggon kehrte Ruhe ein. Die meisten dämmerten vor sich hin. Jakob saß immer noch bei seiner toten Gabrielle und starrte ins Leere. Manchmal erhellte sich sein Gesicht, er schmunzelte – und wer nicht gewußt hätte, was in ihm vorging, hätte annehmen können, daß dies ein zufriedener, in sich ruhender älterer Herr sei.

Henry hatte seinen Kopf in Leas Schoß gelegt. Seine Augen brannten vor Müdigkeit, aber schlafen konnte er nicht. Albert war in Gedanken versunken. Frau Silberstein kicherte immer mal wieder vor sich hin. Frau Salomon und Frau Rosinski machten einen erstaunlich wachen Eindruck, aber auch sie schwiegen. Sylvie Perles und ihren beiden Töchtern Dot und Nora war anzusehen, daß sie jede Hoffnung aufgegeben hatten und daß alles, was jetzt noch geschehen sollte, ihnen nichts mehr würde anhaben können.

Niemand wußte, wieviel Zeit vergangen war, als plötzlich der Zug anhielt. Sie schreckten aus ihrer Lethargie auf, aber sie ahnten nicht, daß sie nach Tagen den Zielbahnhof erreicht hatten.

AUSCHWITZ

Von außen wurde die Tür aufgerissen, und Tageslicht fiel in die Waggons. Männer in Sträflingsanzügen stürmten mit Schlagstöcken hinein, während sich die Insassen in die hintersten Ecken drängten. Manche beteten. Andere schrien, einige blieben stumm, waren entsetzt.

Erbarmungslos wurden die Juden hinausgeprügelt, die nicht freiwillig gingen oder nicht mehr gehen konnten.

»Raus! Raus! Raus! Los, schnell. Macht, daß ihr rauskommt!«

Lea hatte ihr totes Baby aus dem Koffer genommen und hielt es im Arm. Henry faßte sie an und zog sie mit hinaus. Ein SS-Mann schaute auf Lea und David und brüllte: »Was ist das denn hier?« Dabei griff er nach dem Kind, und Lea mußte entsetzt mit ansehen, wie er ihr Baby in hohem Bogen in die Menge schleuderte.

Inzwischen waren die SS-Leute dabei, die Angekommenen in Männer- und Frauengruppen aufzuteilen und voneinander zu trennen. Lea klammerte sich an Henry. Ein SS-Mann prügelte auf sie ein: »Habt ihr nicht gehört, ihr Judenschweine? Frauen nach links, Männer nach rechts. Das gilt auch für euch.« Er riß Lea von Henry weg und stieß sie in die Gruppe der Frauen.

Verzweifelt schrie Lea: »Henry, bleib bei mir, du kannst mich nicht verlassen.«

Aber auch Henry wurde weggezogen, und er konnte Lea nur noch zurufen: »Wir sehen uns alle wieder, das haben wir uns doch versprochen.«

Im Waggon machte sich das Räumungskommando von Häftlingen daran, auf die einzuprügeln, die sich nicht vom Fleck rührten. Aber schnell stellten sie fest, daß die reglosen Gestalten tot waren. Avram und Minnie Perles, Gabrielle Hellman, der alte Mendel, Doktor Friedlich und Erika Friedlich, ihr Baby Aaron und so viele andere.

»Verdammte Scheiße«, schimpfte einer, »jetzt müssen wir auch noch Leichen hier rausholen …«

Der einzige, der sich noch lebend im Waggon aufhielt, war Jakob Noschik. Auch er hatte den Verstand verloren und redete wirr.

»Hörst du, Gabriellchen, sie rufen nach uns! Wir müssen auf die Bühne! Das Publikum wartet doch schon. Ich muß mir nur meine Jacke anziehen, dann können wir auftreten.«

Wenig später stand er in Unterhose und einer Smokingjacke in der Tür.

»Was ist das denn für ein komischer Vogel da?« fragte ein SS-Mann, als er Jakob in seinem bizarren Aufzug entdeckte. »Ich glaube, er hat uns was zu sagen, der alte Narr.«

Jakob fing an zu singen: »Freude schöner Götterfunken, Tochter aus Elysium …«

Der SS-Mann feixte: »Hört euch das an, ist das nicht Schiller oder Beethoven?«

Mit verklärtem Gesicht sang Jakob weiter: »… wir betreten feuertrunken, Himmlische, dein Heiligtum.«

Es setzte großes Gelächter ein, und ein anderer SS-Mann meinte: »Solch eine Vorstellung hatten wir hier auch noch nie.« Dabei richtete er seine Waffe auf den kleinen Mann in der Tür, der jetzt mit einer theatralischen Geste die Hände hob und sich noch mal ins Zeug legte.

»Deine Zauber binden wieder, was die Mode streng geteilt; Alle Menschen werden Brüder, wo dein sanfter Flügel weilt.«

Einer der Männer vor dem Waggon gab Jakob ein Zeichen, endlich runterzuklettern, ein Offizier lachte und applaudierte: »Zugabe, Alter«, rief er lachend, »Zu-ga-be.«

Jakob strahlte über das ganze Gesicht. Seine Kunst und sein Auftritt waren offenbar gut angekommen.

»Elysium … Das muss das Elysium sein«, freute er sich.

»Ja, Herr Schiller, so ist es!«

Wie im Trance sah Jakob die Menge da unten, erblickte das hämische Grinsen der Männer, hörte ihr Gelächter, doch für ihn war das alles ein Ausdruck der Wertschätzung. Unverdrossen stimmte er an:

»Seid umschlungen, Millionen,
Diesen Kuß der ganzen Welt!
Brüder, über'm Sternenzelt
Muß ein lieber Vater wohnen.

Ahnest du den Schöpfer, Welt?
Such ihn über'm Sternenzelt!
Über Sternen muß er wohnen.«

Der SS-Mann mit der Waffe rief ihm zu: »So, jetzt ist Schluß, dein Elysium ruft!«

Ein Schuß traf Jakob ins Herz. Er fiel zurück in den Waggon.

Langsam leerte sich der Bahnhof.

Ruth und Nina hatten inzwischen erfahren, daß ihre Retter polnische Partisanen waren, die gebrochen Deutsch sprachen. Das Lager tief im Wald bot neben Zelten auch Laub- und Holzunterkünfte. In einem Steinofen wurde Brot gebacken. Es gab für alle warme Suppe, die besonders Ruth und Nina gierig löffelten. Einige Partisanen waren dabei, ihre Waffen zu reinigen. Sie hielten sich von der Gruppe fern, die bei Ruth und Nina saß.

»Woher wußtet ihr eigentlich, daß wir versuchen würden, zu fliehen?« fragte Ruth nach einer Weile.

»Jede Nacht sind einige von uns dort. Es ist der letzte Bahnhof vor Auschwitz, Neuberun«, antwortete einer der Männer.

Nina fragte ungläubig dazwischen: »Wirklich jede Nacht seid ihr dort?« Sie wischte sich mit dem Handrücken den Mund ab. Sie hatte etwas von ihrer Suppe verschüttet, und die junge Partisanin schenkte ihr noch einmal nach.

»Jede Nacht. Wir gehen auch heute wieder. Wir warten und beten, daß jemand die Möglichkeit und den Mut zur Flucht hat. Und dann sind wir zur Stelle und helfen.«

»Warum tut ihr das?« fragte Ruth. »Wer will denn schon Juden helfen?«

Die Partisanen schauten sich an, als wollten sie sich vergewissern, daß keiner etwas dagegen hatte, die Frage zu beantworten. Alle nickten. Dann sagte einer: »Wir sind auch Juden. Wir haben uns vor den Nazis versteckt und dann bis hierher durchgeschlagen. Aber wir sind nicht die einzigen. Es gibt viele Lager in unseren Wäldern, wo die Juden sich verstecken. Und wir haben alle Waffen.«

Nina hatte ihre Suppe aufgegessen. Sie stand auf und entfernte sich ein Stück.

»Nicht so weit weg«, rief Ruth ihr hinterher. »Warte mal, ich hab dir noch was zu sagen.«

»Was denn?«

»Du sollst es nur wissen: Ich habe es deinen Eltern versprochen und verspreche es auch dir, daß ich immer bei dir bleiben werde und für dich da bin. Jedenfalls bis wir deine Mama und deinen Papa und ich meinen Albert wiedergefunden haben.«

»Hoch und heilig?«

»Hoch und heilig!«

Nina lächelte Ruth zu. Dann ging sie einige Schritte weiter. Ruth hatte das Gefühl, daß das Mädchen einen Augenblick allein sein wollte.

In einer Lichtung blieb Nina stehen. Sie schaute in den Himmel und sprach leise mit ihren Eltern: »Lieber Papa, liebe Mammi, ich bin so froh, mit euch zu sprechen. Hab' eben zu essen bekommen, eine Suppe, die hat so gut geschmeckt. Ich habe etwas verschüttet und war sehr erschrocken. Aber das machte gar nichts. Ich habe sogar noch was nachgekriegt. Die Leute sind sehr nett. Sie kommen jeden Abend auf den Bahnhof, um Leuten zu helfen. Mir geht es gut und Ruth auch. Was wir morgen machen werden, weiß ich noch nicht. Jedenfalls will ich ihnen sagen, daß ich Tänzerin werde, und die können mir vielleicht helfen. Mammi, du hast es mir versprochen, hoch und heilig. Ich muß Tänzerin werden. So, jetzt höre ich erst mal auf. Morgen erzähle ich euch, wie es weitergegangen ist. Glaubt ihr, daß David mich auch hören kann? Ich freue mich schon auf morgen.«

Nina drehte sich nach Ruth um, die immer noch am Rand der Lichtung stand. Dann schloß sie die Augen und sprach laut das Shema Israel:

»Shema Israel, Adonai Eloheinu,
Adonai Echad. Baruch Shem
kevod, malchuto leolam waäd.
We-ahavta ät Adonai eloheicha,
bekol levavcha uwechol
nafsheicha uwechol meodeicha …«

(»Höre, Israel, der Ewige, unser Gott,
der Ewige ist einzig!
Gelobt sei der Name
der Herrlichkeit seines Reiches
immer und ewig.«)

Sie öffnete die Augen wieder und blickte in den Himmel.

ANHANG

Dr. Susanne Kill

Die Rolle der Reichsbahn und der Umgang der Deutschen Bahn mit dem Erbe der Vergangenheit

Historisches zum Roman und Film »Der letzte Zug«

Der Film »Der letzte Zug« beginnt mit einem Kameraschwenk auf ein Element des Mahnmals Gleis 17 am Bahnhof Grunewald in Berlin mit dem Datum 19. April 1943. Es ist eines von 183 Elementen, die je ein Datum, eine Zahl und den Zielort der aus Berlin abgehenden Deportationstransporte mit der Eisenbahn zeigen. Das Mahnmal wurde von der Deutschen Bahn AG errichtet. Es erinnert an die Menschen, die mit Hilfe der Deutschen Reichsbahn ab 1941 und noch bis in die letzten Kriegstage hinein aus Berlin in die Ghettos, Konzentrations- und Vernichtungslager transportiert wurden.

Die ersten Gespräche über den Bau des Mahnmals fanden 1993 noch vor Gründung der Deutschen Bahn AG statt. Der Bahnhof Grunewald und die dortigen Gleisanlagen hatten während der deutschen Teilung wie die gesamten Berliner Bahnanlagen unter Verwaltung der Deutschen Reichsbahn der DDR gestanden. Nach der Wiedervereinigung Deutschlands sollten Bundesbahn und Reichsbahn zusammengeführt werden und 1994 in einer neuen Gesellschaft aufgehen. Aus der ehemaligen Behörde Bundesbahn und der staatssozialistisch geführten Reichsbahn entstand ein neues Unternehmen, die Deutsche Bahn AG. In dieser Situation, als beide Bahnen bereits auf Reformkurs waren, entschloß sich der

Vorstand beider Bahnen, die in Personalunion von Heinz Dürr geführt wurden, am Bahnhof Grunewald ein Mahnmal zu errichten. Sowohl die Architektur als auch der Standort des Mahnmals erinnern explizit an die Beteiligung der Reichsbahn an den nationalsozialistischen Verbrechen. Denn ohne die Transporte mit der Eisenbahn wäre die systematische Ermordung der europäischen Juden kaum denkbar gewesen.

Das 1999 eingeweihte Mahnmal ist inzwischen fester Bestandteil eines Programms, mit dem die Deutsche Bahn AG über das tägliche Geschäft hinaus ihre gesellschaftliche Verantwortung für die Gegenwart und Zukunft der zivilen Gesellschaft wahrnimmt. Doch es werden auch Projekte gefördert, die die Erinnerung an das individuelle Leid, das der Holocaust bedeutete, wachhalten. Gerade Filme und Romane haben ganz eigene Möglichkeiten, ein größeres Publikum anzusprechen. Oft sind sie es, die das Interesse wecken, sich Ausstellungen anzuschauen oder Bücher zu lesen, die das Ergebnis von immer detailgenaueren Forschungen sind. So ist auch die Dauerausstellung im firmeneigenen Museum der Deutschen Bahn AG in Nürnberg das Ergebnis von Forschungen, die das lange vernachlässigte Kapitel der Rolle der Reichsbahn im Nationalsozialismus untersucht haben. Und auch die Daten, die am Mahnmal Gleis 17 am Bahnhof Grunewald gezeigt werden, sind das Ergebnis eines Forschungsprozesses, der längst noch nicht abgeschlossen ist.[1]

Ein Film wie »Der letzte Zug« wirft die Frage nach der Rolle der Deutschen Reichsbahn im Holocaust auf. Daß sie zu einem Massentransportmittel in den Tod wurde, war das Ergebnis ihrer Integration in den nationalsozialistischen deutschen Staat und dessen verbrecherischer Ziele. Denn mit Beginn der nationalsozialistischen Herrschaft 1933 begann auch die schrittweise »Gleichschaltung« der Reichsbahn. Das bedeutete zunächst, daß zuerst die Eisenbahngewerkschaften verboten, dann die Beamten- und Betriebsräte aufgelöst wurden. Ehemals aktive Gewerkschaftsmitglieder wurden entlassen, ebenso wie Sozialdemokraten und Kommunisten. Nach dem Erlaß des »Gesetzes zur Wiederherstellung des Berufsbeamtentums« vom 7. April 1933 mußten zahlreiche jüdische Reichsbahnbeamte zwangsweise in den Ruhestand treten. Diejenigen, die zunächst noch im Amt verblieben, wie zum Beispiel der Finanzvorstand der Reichsbahn-Gesellschaft Ludwig Homberger, wurden schließlich aufgrund der »Nürnberger Rassengesetze« von 1935 aus ihren Ämtern gedrängt.

An der Spitze der Reichsbahn stand damals ihr langjähriger Generaldirektor Julius Dorpmüller. Bereits am 24. März 1933 – dem Tag, an dem das Ermächtigungsgesetz in Kraft trat – hatte Dorpmüller in einem Aufruf alle Eisenbahner aufgefordert, ihre »volle Kraft« für die »nationale Regierung« einzusetzen. Neben der personellen und organisatorischen Gleichschaltung wurde die Reichsbahn auch in ihrem äußeren Erscheinungsbild auf das neue Regime ausgerichtet. So wurde die Beflaggung der Bahngebäude bei besonderen Anlässen und nationalsozialistischen Feiertagen angeordnet, und ab Mitte 1934 trugen alle Bahnmitarbeiter das staatliche Hoheitssymbol, den Adler mit Hakenkreuz, an der Dienstmütze. 1937 schließlich wurde die Reichsbahn auch formell ganz der Hoheit des Staates unterstellt. Die Reichsbahn wurde – nach einer Phase relativer Unabhängigkeit von staatlicher Einflussnahme in der Weimarer Republik – wieder vom Reichsverkehrsministerium (RVM) geleitet, der inzwischen 68-jährige Julius Dorpmüller wurde nun auch zum Reichsverkehrsminister ernannt.

Die Integration der Reichsbahn in den nationalsozialistischen Staat war damit abgeschlossen. Das bedeutete auch, daß jede vom Regime geforderte Transportleistung widerspruchslos erbracht wurde. Es begann mit den »Kraft durch Freude«-Zügen der NSDAP und den Transporten zu den Massenveranstaltungen der Partei, und es setzte sich fort mit den Militärtransporten in den Krieg und den Deportationstransporten, deren Konsequenz die Ermordung der jüdischen Bevölkerung Europas war. Auch wenn das Reichsverkehrsministerium nicht zum Teilnehmerkreis der Wannsee-Konferenz im Jahr 1942 zählte, bei der sich der Chef der Sicherheitspolizei und des SD, Reinhard Heydrich, seine Führungsrolle bei der »Endlösung der Judenfrage«[2] bestätigen ließ und sich der Mitarbeit der staatlichen Institutionen vom Auswärtigen Amt bis zur Gestapo versicherte, so stand außer Frage, daß der systematische geplante Mord an den europäischen Juden nicht ohne die Hilfe der Reichsbahn möglich war.

Schon bei den ersten Transporten polnischer Juden, die im Oktober 1938 in Deutschland verhaftet und nach Polen ausgewiesen wurden, hatte der Reichsführer-SS und der Chef der Deutschen Polizei, Heinrich Himmler, die Reichsbahn mit dem Transport an die Landesgrenze beauftragt. Diese »Aktion« kann als Vorbild für die späteren systematischen Deportationen der Juden gelten, da sie bereits die enge Zusammenarbeit von Polizei, Diplomatie, Finanzbehörden und Reichsbahn erforderte.[3] Die systematischen Deportationen begannen mit Ausbruch des Krieges. Auch wenn ein Großteil des Aktenmaterials, das das Zusammenspiel der verschiedenen Behörden dokumentierte, gegen Kriegsende vernichtet wurde und sich deshalb die Organisation, die Personaleinteilung und der Verlauf einzelner Transporte nicht mehr im Detail verfolgen lassen, so ist das Muster des organisatorischen Ablaufs und des Zusammenspiels zwischen den verschiedenen Institutionen doch weitgehend bekannt.[4]

Die Reichsbahn führte die Deportationen im Auftrag des Reichssicherheitshauptamtes (RSHA) aus. In vielen Fällen erfolgte die Organisation im Rahmen der üblichen Planungen für den Sonderzugverkehr. Auf Konferenzen, an denen meist ein Vertreter des RVM, des RSHA, der Generalbetriebsleitung Ost und der jeweiligen Reichsbahndirektionen teilnahmen, wurden Absprachen über den Einsatz von Sonderzügen getroffen. Hierbei wurden Sonderzug-Programme für die »Judendeportationen« aufgestellt, die an die Reichsbahndirektionen weitergeleitet wurden. Die Direktionen erarbeiteten daraufhin Fahrpläne und übergaben diese an untergeordnete Dienststellen, die die Transporte vom Abgangsbahnhof bis in die Konzentrations- und Vernichtungslager durchführten.

Da dieser Weg relativ umständlich war, erhielten die Reichsbahndirektionen auch die Erlaubnis, eine begrenzte Anzahl von Sonderzügen in eigener Verantwortung abzuwickeln. So trat die Sicherheitspolizei im Verlauf des Krieges direkt in Kontakt mit den einzelnen Eisenbahndirektionen, die dann eine begrenzte Zahl von Transporten selbständig organisierten.

Die Kosten für die Transporte stellte die Reichsbahn den Auftraggebern, dem RSHA und der Sicherheitspolizei in Rechnung. Grundlage der Berechnung war der Tarif für die Personenbeförderung in der 3. Klasse, der 1942 vier Pfennig pro »Personenkilometer« betrug. Kinder unter zehn Jahren zahlten die Hälfte, Kinder unter vier fuhren umsonst. Ab 400 Personen wurden Preisnachlässe für die Sonderzüge, die für ihre Insassen den Tod bedeuteten, gewährt. In Deutschland waren die Fahrtkosten von den Juden selbst zu entrichten, d.h. an die Gestapo abzuführen.[5]

Die von der Reichsbahn erhobenen Transportkosten wurden unabhängig davon in Rechnung gestellt, ob Reisezugwagen oder Güterwaggons zum Einsatz kamen. Zu Beginn des Krieges wurden in Deutschland oft noch Reisezugwagen eingesetzt. Je länger der Krieg dauerte und je größer die Transporte wurden, um so öfter kamen dann Güterzüge zum Einsatz. Man verwendete das Eisenbahnmaterial, was einsatzbereit war. Bis zu 100, nach einzelnen Berichten sogar bis zu 200 Menschen wurden in einen Waggon gezwängt. In den Güterwagen fehlten Heizungen und hygienische Einrichtungen, die kleinen Fenster waren mit Stacheldraht bespannt. Hinzu kam, daß Wehrmachtstransporte und andere Versorgungszüge Vorrang vor den Deportationszügen hatten, die oft stundenlang auf die Weiterfahrt warteten. Von überall aus Europa wurden bis in die letzten Kriegstage hinein Deportationszüge gefahren, so daß es oft Tage dauerte, bis sie am Zielort ankamen. Unter diesen unmenschlichen Bedingungen starben viele der Insassen bereits während der Fahrt ins Lager.

Viele der Eisenbahner, die an der Durchführung der Transporte beteiligt waren, müssen von der Lage der Menschen in den Wagen gewußt haben. Zwar stellte die Sicherheits- bzw. Ordnungspolizei das Begleitpersonal der Züge; Lokführer und Heizer kamen jedoch von der Reichsbahn oder den Eisenbahnverwaltungen der besetzten Gebiete. In Auschwitz-Birkenau fuhren die Eisenbahner bis kurz vor die Einfahrt ins Lager, wo sie von KZ-Personal abgelöst wurden.

Zum historischen Hintergrund der Deportationen vom 19. April 1943

Film und Roman »Der letzte Zug« schildern die fiktive Geschichte eines Deportationstransports von Berlin nach Auschwitz und die verzweifelten Versuche der im Waggon zusammengepferchten Menschen, den Transport zu überleben und zu entfliehen. In die Handlung sind Augenzeugenberichte von Überlebenden des Holocaust eingegangen, auch wenn Film und Roman nicht den Anspruch erheben, die Geschichte der Deportation vom 19. April 1943 nachzuerzählen.

Tatsächlich weiß man über diesen Transport relativ wenig. Historisch überliefert sind für den 19. April 1943 ab Berlin zwei Transporte: Einer mit 100 Menschen nach Theresienstadt und ein weiterer mit fast 700 Menschen nach Auschwitz. Für beide Transporte findet sich am Mahnmal Gleis 17 ein eigenes Stahlgußelement, auf dem neben der Zahl der Deportierten Abfahrtsdatum und Zielort verzeichnet sind. Die Quellenlage für den Transport nach Auschwitz ist widersprüchlich.[6] Die neueste Forschung[7] gibt die Anzahl der am 19. April von Berlin bzw. Potsdam nach Auschwitz deportierten Personen mit 681 an. Als nicht gesichertes, aber wahrscheinliches Ankunftsdatum in Auschwitz-Birkenau gilt der folgende Tag, der 20. April 1943.

Mit diesem Transport deportiert wurden auch 153 Personen aus dem Landwerk Neuendorf bei Fürstenwalde, dem letzten noch nicht aufgelösten landwirtschaftlichen Zwangsarbeiterlager, das bis 1941 von den Behörden als Landgut zur Vorbereitung der Auswanderung nach Palästina geduldet worden war. Eine der wenigen Überlebenden des Transports vom 19. April 1943, Anneliese-Ora Borinski, die mit ihrer Jugendgruppe von Neuendorf nach Auschwitz deportiert wurde, schrieb im Herbst 1945 ihre Erlebnisse nieder: »An einem der Güterbahnhöfe steigen wir aus. Da steht schon ein Zug. Geschlossene Viehwaggons, ganz kleine Fenster. Ein bißchen Stroh auf der Erde. (…) Dann werden die Türen von außen verschlossen, eine kleine Weile noch, – und der Zug fährt an.

Kaum schlafen wir in dieser Nacht. – Gegen Morgen, als es eben anfängt, hell zu werden, passieren wir Breslau. – Wir fahren ziemlich rasch. (...) Durch das kleine Fenster sehen wir, daß die Gegend sich ändert. Viele Bergwerke, trostlos ödes Land. Ab und zu Menschen, die an der Bahn arbeiten. Manche von ihnen mit Judensternen. Viele in den Uniformen von Kriegsgefangenen. Wir fragen sie nach der Richtung, nach dem eventuellen Ziel unseres Zuges. Sie zucken die Achseln. Einer deutet gegen den Himmel. Wir verstehen nichts. – Wir fahren jetzt langsam. Halten einmal. Es ist gegen Mittag, als wir an einem Bahnhof mit dem Schild ›Auschwitz‹ vorbeikommen. Kurze Zeit darauf halten wir wieder. – Dann sieht man, daß ein Waggon nach dem anderen geöffnet wird. – Jetzt ist unserer dran. Keine Zeit mehr zum Auf-Wiedersehen-Sagen. (...) Wir sehen vor uns ein Riesentor, umlagert von SS-Posten, mit zerrenden, schnaubenden, kläffenden Hunden, und durch dieses Tor ziehen wir ein. Sehr aufrecht und ohne daß es uns eigentlich bewußt wird, daß wir mit diesem Moment das Lager Auschwitz, das Konzentrations- und Vernichtungslager, betreten haben. Es ist der 20. April 1943 (...)«.[8]

Seit Februar 1943 konnten sich die noch in Berlin und dem brandenburgischen Umland lebenden Juden kaum noch Hoffnung machen, der Verfolgung zu entkommen. Bis dahin waren alle diejenigen, die »kriegswichtige Zwangsarbeit« leisteten, samt ihren Familienangehörigen von den Deportationen verschont geblieben. Nachdem sie durch ausländische Zwangsarbeiter aus dem Osten ersetzt werden konnten, begann Ende Februar in Berlin die sogenannte Fabrik-Aktion. In wenigen Tagen wurden Tausende Menschen nach Auschwitz oder nach Theresienstadt verschleppt.

Es war das erklärte Ziel aller beteiligten Stellen, wie es am 18. Februar 1943 im Tagebuch des Berliner Gauleiters Joseph Goebbels vermerkt ist, »bis Mitte, spätestens Ende März, Berlin gänzlich judenfrei zu machen«[9]. Die Transporte unterlagen den am 20. Februar 1943 im RSHA aufgestellten, von Rolf Günther, Eichmanns Vertreter im »Judenreferat« IV b4 unterzeichneten »Richtlinien zur technischen Durchführung der Evakuierung von Juden nach dem Osten (KL Auschwitz)«[10]. Der bisher in den vorherigen Richtlinien geltende Passus, daß Juden in »kriegswichtigem Arbeitseinsatz« von Deportationen auszunehmen waren, hatte nun keine Geltung mehr.

Von welchem Bahnhof in Berlin die einzelnen Transporte abgingen, wird man heute nicht mehr genau bestimmen können. Sie gingen entweder vom Bahnhof Grunewald, vom Bahnhof Putlitzstraße am Güterbahnhof Moabit oder vom Anhalter Bahnhof ab. Die großen Transporte mit mehr als 1000 Menschen wurden sowohl vom Bahnhof Grunewald als auch vom Güterbahnhof Moabit aus gefahren. Ausschlaggebend für den Entschluß, Grunewald für die Deportation zu nutzen, waren wahrscheinlich folgende Überlegungen: Grunewald hatte während des Krieges nicht ausgelastete Kapazitäten, war zugförderungstechnisch in Richtung Osten ausgelegt und war ausgewiesener Sonderzugbahnhof. Für den Güterbahnhof Moabit sprach aus der Perspektive der Gestapo, daß er nur zwei Kilometer von dem Sammellager Synagoge Levetzowstraße entfernt lag, während die Entfernung zum Bahnhof Grunewald etwa acht Kilometer betrug – eine Strecke, die nach Augenzeugenberichten zu Fuß zurückgelegt wurde. Nur gehunfähige Personen und Kinder wurden auf offenen Lastwagen gefahren.

Ende März 1943 ist die »Evakuierung« der Berliner Juden, wie es beschönigend in den amtlichen Texten heißt, weitgehend abgeschlossen. Am 19. April 1943 verläßt der letzte der großen Transporte Berlin; Ende Mai und im Juni werden nochmals weitere Transporte mit mehr als 100 Menschen zusammengestellt. Läuft man das Mahnmal Gleis 17 am Bahnhof Grunewald in Berlin entlang, so sieht man, daß noch in den letzten Kriegstagen Transporte nach Theresienstadt, Sachsenhausen und Ravensbrück gefahren wurden. Insgesamt wurden in der Zeit zwischen 1941 und Anfang 1945 mehr als 50000 Menschen deportiert. Nur Vereinzelte haben überlebt, konnten zurückkehren und Zeugnis ablegen von den ihnen angetanen Verbrechen.

Dr. Susanne Kill ist Historikerin und leitet den Bereich »Konzerngeschichte und Historische Sammlung« der Deutschen Bahn AG.

Anmerkungen

1 So ist 2005 eine Studie erschienen, die unterschiedliche Quellen gesichtet hat, die Auskunft über die Deportationen geben: Gottwaldt, Alfred/Schulle, Diana: Die ›Judendeportationen‹ aus dem Deutschen Reich 1941–1945, Wiesbaden 2005. Die Deutsche Bahn AG hat bereits 1995

unabhängige Historiker beauftragt, die politischen und gesellschaftlichen Zusammenhänge der Eisenbahn in Deutschland darzustellen. Gall, Lothar/Pohl, Manfred: Die Eisenbahn in Deutschland. Von den Anfängen bis zur Gegenwart, München 1999; siehe auch: Im Dienst von Demokratie und Diktatur. Die Reichsbahn 1920–1945. Katalog zur Dauerausstellung im DB Museum, Regensburg 2002.

2 So lautete der Betreff auf dem Einladungsschreiben, vom 25. Januar 1942. Vgl. Die Wannsee-Konferenz und der Völkermord an den europäischen Juden, Katalog der ständigen Ausstellung Berlin 2006.

3 Gottwaldt/Schulle, 2005, S. 27.

4 Die überlieferten Akten der Reichsbahn liegen im Bundesarchiv und sind öffentlich zugänglich.

5 In den besetzten Gebieten wurden andere Regelungen getroffen, die im Detail noch nicht erforscht sind.

6 Nach Czech, Danuta: Kalendarium der Ereignisse im Konzentrationslager Auschwitz-Birkenau 1939–1945, S. 472, soll am 20. April 1943 ein Transport mit 1000 Juden aus Neudorf in Niederschlesien nach Auschwitz angelangt sein. Nach der ›Selektion‹ wurden 299 Männer sowie 158 Frauen als Häftlinge in das Lager eingewiesen. Die übrigen Menschen wurden vergast.

7 Gottwaldt/Schulle, 2005, S. 419f.

8 Anneliese-Ora Borinski, Erinnerungen 1940–1943, Nördlingen 1970, zit. nach: Gedenkstätte Haus der Wanseekonferenz und Landesbildstelle Berlin (Hrsg.): Die

Grunewald-Rampe, Die Deportation der Berliner Juden, Berlin 1993, S. 91 f.

9 Fröhlich, Elke (Hrsg.): Die Tagebücher von Joseph Goebbels. Teil II, Diktate 1941–1945, Bd. 8, München 1993.

10 Abgedruckt in Gottwaldt/Schulle, 2005, S. 373 ff.

Renate Wiechmann

Filme und Schlager zur Flucht aus der Wirklichkeit 1943 – das Jahr der Handlung des Romans

Das Dritte Reich steuerte ungebremst dem Ende entgegen. Die Alliierten gewannen an allen Fronten die Oberhand. Die Bombenangriffe konnten nicht mehr nachhaltig abgewehrt werden. Auch die Reichshauptstadt war zunehmend Ziel alliierter Angriffe. Aber Hitler war zu einem Waffenstillstand nicht bereit, Goebbels rief auf zum »totalen Krieg«. Auf die deutsche Bevölkerung kamen weitere Beschränkungen des Alltags zu.

Glitzerwelt zum Träumen

Obwohl die Lage so hoffnungslos war wie noch nie seit Kriegsbeginn, erlebte ausgerechnet die Unterhaltungsindustrie einen nicht für möglich gehaltenen Boom. Ein umfangreiches Angebot von neuen Filmen und Schlagern sollte das Volk von der bitteren Wirklichkeit ablenken. Dafür besonders geeignet waren nach Meinung der politischen Führung die Revuefilme, in denen die Handlung in den Hintergrund trat und nur der Einflechtung in die Tanz- und Musikszenen diente.

Für Kostüme und Kulissen standen große Budgets zur Verfügung. Zu den teuersten Produktionen dieses Genres gehörten die Filme »Die Frau meiner Träume« und »Der weiße

Traum«. Die Kosten beliefen sich jeweils auf mehr als zwei Millionen Reichsmark.

In den Dienst der »guten Sache« stellten sich die bekanntesten Schlager- und Filmstars Deutschlands. Hans Albers, Johannes Heesters, Willi Forst, Zarah Leander, Marika Rökk und Ilse Werner waren nur einige, die für Stimmung sorgten und signalisierten, daß doch im Grunde alles nicht so schlimm war. Schlager des Jahres war »Haben Sie schon mal im Dunkeln geküßt?«. Und das Motto des Films »Sophienlund« lautete: »Mit Musik geht alles besser« ...

Ablenkung vom Alltag war die Hauptfunktion des deutschen Films. Ereignis des Jahres aus Anlaß des 25jährigen Jubiläums der UFA war die Premiere des Films »Münchhausen« in Berlin am 5. März mit Hans Albers in der Titelrolle. Die Buchvorlage stammte ausgerechnet von Erich Kästner, dessen Bücher verbrannt worden waren. Kästner hatte das Drehbuch unter dem Pseudonym Berthold Bürger geschrieben, wovon Goebbels und die Produzenten Kenntnis hatten. Für den Erfolg brauchten sie einen guten Autor, und so akzeptieren sie Kästner notgedrungen. Ungeachtet dessen bekam er 1942 erneut Schreibverbot.

Auch der Film »Akrobat schö-ö-ön« mit dem Clown Charlie Rivel lenkte ab von der trostlosen Realität.
Ebenso wie:

»Altes Herz wird wieder jung« mit Emil Jannings
»Das Bad auf der Tenne« mit Heli Finkenzeller
»Damals« mit Zarah Leander
»Immensee« mit Kristina Söderbaum

»Karneval der Liebe« mit Johannes Heesters
»Romanze in Moll« mit Marianne Hoppe

Als oberster Filmzensor fungierte Goebbels. Der Film »Frau meiner Träume« mit Marika Rökk in der Hauptrolle mußte gleich viermal durch die Zensur, weil die Darstellerin und Sängerin in einer Tanzszene ein bis zum Bauchnabel dekolletiertes Kleid mit Netzeinsatz trug. Goebbels fand das zu frivol und monierte: »So tanzt eine deutsche Frau nicht.« Das Kleid blieb letztlich wie entworfen, aber die Rökk wurde aufgefordert, die »undeutsch« sinnlichen Bewegungen zu lassen.

Es geht alles vorüber …

Die daheim wurden betäubt mit der heilen Welt des Schlagers. Eine Auswahl der Titel:

Evelyn Künneke: »Haben Sie schon mal im Dunkeln geküßt?«
Ilse Werner: »Ich hab dich und du hast mich«
Zarah Leander: »Davon geht die Welt nicht unter«
Zarah Leander: »Ich weiß, es wird einmal ein Wunder gescheh'n«
Ilse Werner: »Wir machen Musik«
Rudolf Carl: »Liebe kleine Schaffnerin«
Evelyn Künneke: »Das Karussell«
Gerda Schönfelder: »Ganz leis erklingt Musik«
Marika Rökk: »Sing mit mir«

Zarah Leander: »Jede Nacht ein neues Glück«
Lale Andersen: »Es geht alles vorüber, es geht alles vorbei«

So war es dann ja auch.

Mode für die »deutsche Frau«

Auch um das modische Erscheinungsbild der Frau machte man sich »ganz oben« Gedanken.

»Wir wollen lieber ein paar Jahre geflickte Kleider tragen, als einen Zustand heraufbeschwören, in dem unser Volk ein paar Jahrhunderte in Lumpen herumlaufen muß«, hatte Goebbels in seiner Rede im Berliner Sportpalast am 18. Februar 1943 gesagt. Gleichwohl bestand der Wunsch, daß die »deutsche Frau« grundsätzlich »adrett und gepflegt« aussehen solle. Verschwenderische Schnitte allerdings waren unerwünscht. Modischer Trend war das Kostüm mit Uniform-Charakter. Gern getragen wurden schicke Kopfbedeckungen wie Tücher und Schals, die kunstvoll zum Turban drapiert wurden.

Zur selben Zeit starben Zehntausende Soldaten und Zivilisten, lief die Todesmaschinerie der Deportationen von Juden und anderen verfolgten Bevölkerungsgruppen unvermindert weiter.

Chronologie der Entrechtung und Stationen zum Völkermord

1932

23. Dezember: Erschwerung der Namensänderung. Erlaß neuer Richtlinien gegen »Verschleierung von jüdischer Abkunft«.

1933

30. Januar: Ernennung Adolf Hitlers zum Reichskanzler.

4. Februar: Allgemeines Demonstrationsverbot. Eingriff in die Versammlungsfreiheit.

27. Februar: Reichstagsbrand. Razzien von Polizei, SA und SS im Scheunenviertel von Berlin, wo vorwiegend orthodoxe Juden leben. Erste Verhaftungen und Folterungen mit Todesfolge.

28. Februar: Reichspräsident von Hindenburg erläßt die »Verordnung zum Schutz von Volk und Staat« (»Reichstagsbrandverordnung«); setzt Grundrechte außer Kraft.

Einführung der »Schutzhaft«.

5. März: Reichstagswahlen. Die NSDAP erhält 44 Prozent der Stimmen.

21. März: Einrichtung eines Lagers in Oranienburg bei Berlin. Inhaftierung von sogenannten »Schutzhaftgefangenen«, darunter Kommunisten, Sozialdemokraten und Juden.

24. März: Gesetz zur Behebung der Not von Volk und Reich (»Ermächtigungsgesetz«).

27. März: Krankenhaus-Ärzte mit »nichtarischer Abstammung« erhalten die Kündigung.

1. April: Reichspropagandaminister Goebbels ordnet einen generellen Boykott gegen jüdische Geschäfte, jüdische Waren, jüdische Ärzte und jüdische Rechtsanwälte an.

7. April: Gesetz zur »Wiederherstellung des Berufsbeamtentums«. Beamte, »die nichtarischer Abstammung sind«, werden in den Ruhestand versetzt. Nur ehemalige Frontkämpfer sind von dieser Regelung ausgenommen.

22. April: Die Tätigkeit »nichtarischer« Kassenärzte wird beendet. Ausnahme für Frontkämpfer.

26. April: Gründung der Geheimen Staatspolizei.

10. Mai: Bücherverbrennung auf dem Berliner Opernplatz mit Werken von Autoren wie Kurt Tucholsky, Thomas Mann,

Max Brod, Lion Feuchtwanger, Erich Kästner und vielen anderen (Goebbels: »Aktion gegen den undeutschen Geist«).

2. Juni: Verordnung über die Tätigkeiten von Zahnärzten und Zahntechnikern bei den Krankenkassen. Eine Inanspruchnahme der Krankenkassen für die Tätigkeit »nichtarischer« Zahnärzte und Zahntechniker ist nicht mehr möglich.

22. August: In zahlreichen Orten Badeverbote für Juden an Badestränden und öffentlichen Bädern.

13. September: Vererbungslehre und Rassenkunde wird pflichtmäßiges Prüfungsgebiet für alle Schüler.

17. September: Gründung der Reichsvertretung der deutschen Juden, Vorsitzender: Dr. Leo Baeck.

4. Oktober: Das Schriftleitergesetz schließt »Nichtarier« und Anti-Nationalsozialisten aus der Presse aus.

1934

11. Januar: Juden dürfen nur in Ausnahmefällen promovieren.

5. Februar: Jüdische Medizinstudenten dürfen kein Staatsexamen ablegen.

5. März: Das Auftreten von »Nichtariern« als Schauspieler ist auf deutschen Bühnen verboten.

17. Mai: »Nichtarische« Ärzte oder Ärzte mit »nichtarischen« Ehepartnern verlieren die Zulassung zu den Krankenkassen, auch wenn sie Frontteilnehmer waren.

20. Juli: Die SS wird selbständige Organisation im Rahmen der NSDAP.

2. August: Tod Paul von Hindenburgs. Hitler wird Oberbefehlshaber der Wehrmacht.

31. August: Neue Prüfungsordnung für Tierärzte. Die Bewerber haben nachzuweisen, daß sie Arbeitsdienst geleistet haben (zu dem Juden nicht zugelassen wurden).

13. Dezember: Neue Reichshabilitationsordnung: Die Habilitation ist von der »arischen« Abstammung abhängig.

1935

März: Allen jüdischen Schriftstellern wird vom Präsidenten der Reichsschrifttumskammer mitgeteilt, daß ihnen jede schriftstellerische und literarische Tätigkeit in Deutschland untersagt ist.

11. April: Parteimitgliedern wird der persönliche Verkehr mit Juden verboten.

25. Juli: Weil sie als »wehrunwürdig« gelten, werden Juden vom Wehrdienst ausgeschlossen.

17. August: Vorbereitung zur Anlegung einer »Juden-Kartei«.

10. September: Rassentrennung in den Volksschulen ab 1936 verfügt.

15. September: Auf dem Parteitag in Nürnberg werden die sogenannten »Nürnberger Gesetze« verkündet. Das »Reichsbürgergesetz« sieht den Entzug der staatsbürgerlichen Rechte der Juden vor. Das »Gesetz zum Schutze des deutschen Blutes und der deutschen Ehre« verbietet die Eheschließung und den Geschlechtsverkehr zwischen Juden und »Staatsangehörigen deutschen oder artverwandten Blutes«. Verstöße gegen diese Bestimmung werden mit Zuchthaus und anschließender Einweisung in ein Konzentrationslager bestraft. Juden dürfen weibliche Staatsangehörige deutschen oder artverwandten Blutes unter 45 Jahren in ihrem Haushalt nicht beschäftigen.

Juden ist das Hissen der Reichs- und Nationalflagge und das Zeigen der Reichsfarben verboten.

30. September: Beurlaubung sämtlicher jüdischer Richter, Staatsanwälte und Beamten.

24. Oktober: Der jüdischen Gefallenen des Ersten Weltkriegs darf nicht mehr gedacht werden.

14. November. Jüdischen Bürgern wird das Wahlrecht aberkannt. Alle Beamten jüdischer Herkunft werden entlassen.

1936

14. Februar: Entziehung der Lehrbefugnis von jüdischen Honorarprofessoren, nichtbeamteten außerordentlichen Professoren und Dozenten an wissenschaftlichen Hochschulen.

31. März: Die Mitglieder des Bundes Reichsdeutscher Buchhändler sind verpflichtet, für die Berechtigten und deren Ehegatten den Nachweis der »arischen« Abstammung bis zum Jahr 1800 zurück zu erbringen.

3. April: Verbot für Juden, sich als Tierärzte niederzulassen.

12. Juli: Errichtung des Konzentrationslagers Sachsenhausen bei Oranienburg.

1. August: Eröffnung der XI. Olympischen Sommerspiele in Berlin. Alle jüdischfeindlichen Hinweise wie Schautafeln und Schilder sind während der Spiele entfernt.

4. Oktober: Runderlaß des Reichsinnenministeriums zur Taufe von Juden: Der Übertritt zum Christentum verändert nicht den Status der Juden.

1937

13. Februar: Juden dürfen nicht zum Notar bestellt werden.

15. April: Juden werden zur Doktorprüfung nicht mehr zugelassen.

16. Juli: Beschränkung der Ausgabe von Reisepässen an Juden.

8. September: Dritte Verordnung über die Zulassung von Ärzten zur Tätigkeit bei den Krankenkassen. Nicht zuzulassen sind Ärzte, die selbst oder deren Ehegatten nicht deutschen oder artverwandten Blutes sind.

17. Dezember: Der Unterricht der hebräischen Sprache an höheren Schulen wird verboten, Prüfungen in diesem Fach finden nicht mehr statt.

1938

13. März: »Anschluß« Österreichs.

28. März: Die jüdischen Religionsgemeinschaften verlieren den Status der Körperschaften öffentlichen Rechts, den sie wie die christlichen Religionen in der Weimarer Republik erhalten hatten.

26. April: Juden müssen ihr Vermögen anmelden, wenn es einen Betrag von 5000 Reichsmark übersteigt. Mit dieser Maßnahme wird die sogenannte »Arisierung« der deutschen Wirtschaft bzw. die Ausplünderung der Juden vorbereitet.

9. Juni: Der Besuch von deutschen Universitäten als Gasthörer ist Juden verboten.

14. Juni: Alle jüdischen Gewerbebetriebe müssen als solche gekennzeichnet sein.

15. Juni: Etwa 1500 Juden in ganz Deutschland, die vorbestraft sind (und sei es nur wegen eines Verkehrsdelikts), werden als »asozial« erklärt und verhaftet. Im Rahmen der sogenannten »Asozialen-Aktion« werden sie in Konzentrationslager eingeliefert.

25. Juli: Jüdische Ärzte erhalten ein generelles Berufsverbot. Nur in Ausnahmefällen dürfen sie als »Krankenbehandler« tätig sein.

27. Juli: Umbenennung von Straßen, die die Namen von Juden tragen.

17. August: Juden müssen die zusätzlichen Zwangsvornamen »Sara« beziehungsweise »Israel« führen. Der Erlaß tritt mit Wirkung 1. Januar 1939 in Kraft.

27. September: Gegen jüdische Rechtsanwälte wird ein Berufsverbot verhängt.

5. Oktober: Einziehung der Reisepässe von Juden und erschwerte Neuausgabe mit dem roten Stempel »J«.

27./28. Oktober: 15000 polnische Juden werden ausgewiesen. Sie werden an die deutsch-polnische Grenze transportiert, wo sie tagelang ohne Verpflegung herumirren, weil die polnischen Behörden sich weigern, sie aufzunehmen.

9./10. November: Inbrandsetzung und Zerstörung von Synagogen, jüdischen Warenhäusern, Geschäften und Wohnungen in Berlin und anderen deutschen Städten. Von den Nazis vorgegebener (und willkommener) Anlaß der Pogrome: das Attentat des siebzehn Jahre alten polnischen Juden Herschel Grünspan auf den deutschen Legationssekretär Ernst vom Rath in Paris. Verharmlosende Bezeichnung für die Pogrome: »Reichskristallnacht« (wegen der Scherben, die vor zerstörten jüdischen Geschäften lagen). Mindestens 91 Juden werden getötet, rund 30 000 männliche Juden werden in Konzentrationslager verschleppt, darunter etwa 12 000 Berliner Juden ins KZ Sachsenhausen.

12. November: Die Juden haben den von den Nationalsozialisten angerichteten Schaden zu tragen und müssen zusätzlich eine Milliarde Reichsmark als »Sühneleistung« zahlen.

Juden wird der Besuch von Theatern, Kinos, Konzerthäusern und anderen öffentlichen Stätten verboten.

Verordnung zur Ausschaltung der Juden aus dem deutschen Wirtschaftsleben: Schließung aller jüdischen Geschäfte und Handwerksbetriebe.

15. November: Jüdische Schüler dürfen öffentliche Schulen nicht mehr besuchen.

29. November: Juden wird das Halten von Brieftauben verboten.

3. Dezember: Entziehung der Führerscheine und Kfz-Zulassungen für Juden.

Verordnung über den Einsatz des jüdischen Vermögens. Zwangsveräußerung jüdischer Gewerbebetriebe, von Grundeigentum, Wertpapieren, Juwelen, Schmuck und Kunstgegenständen.

6. Dezember: Verhängung des »Judenbanns« – Juden dürfen das Berliner Regierungsviertel sowie öffentliche Einrichtungen und Sportstätten nicht mehr betreten.

8. Dezember: Jüdische Studenten werden von den Universitäten und Hochschulen verwiesen.

9. Dezember: Nichtzulassung von Juden zu handwerklichen und kaufmännischen Prüfungen.

1939

Januar: Alle jüdischen politischen Organisationen werden aufgelöst (einschließlich der Zionistischen Vereinigung und des Centralvereins).

17. Januar: Der allgemeingültige Schutz für Mieter wird für Juden eingeschränkt.

30. Januar: Hitler kündigt im Reichstag für den Fall eines Krieges die »Vernichtung der jüdischen Rasse in Europa« an. Zitat Hitler: »Wenn es dem internationalen Finanzjudentum

in und außerhalb Europas gelingen sollte, die Völker noch einmal in einen Weltkrieg zu stürzen, dann wird das Ergebnis nicht die Bolschewisierung der Erde und damit der Sieg des Judentums sein, sondern die Vernichtung der jüdischen Rasse in Europa.«

21. Februar: Juden müssen alle Gegenstände aus Gold, Silber, Platin sowie Edelsteine und Perlen abliefern.

30. April: Der ohnehin schon eingeschränkte Mieterschutz für Juden wird gänzlich aufgehoben. Ihnen kann die Wohnung jederzeit gekündigt werden. Sie müssen dort hinziehen, wo sie eingewiesen werden. Gesetzliche Vorbereitung zur Zusammenlegung jüdischer Familien in »Judenhäusern«.

1. September: Deutscher Angriff auf Polen (Hitler: »Seit 5.45 Uhr wird zurückgeschossen ...«). Beginn des Zweiten Weltkriegs.

Nächtliche Ausgangssperre für Juden (im Winter ab 20 Uhr, im Sommer ab 21 Uhr).

23. September: Juden müssen ihre Rundfunkgeräte abliefern.

1940

13. April: Juden werden aus der privaten Krankenversicherung ausgeschlossen.

4. Juli: Berliner Juden dürfen nur noch in der Zeit zwischen 16 und 17 Uhr Lebensmittel einkaufen.

29. Juli: Juden werden die Fernsprechanschlüsse gekündigt.

7. Oktober: Bei der Benutzung der Luftschutzräume durch Juden soll auf ihre Abtrennung von den übrigen Bewohnern geachtet werden.

16. Oktober: Befehl zur Errichtung des Warschauer Ghettos.

22. Oktober: Deportation von Juden aus Elsaß-Lothringen, dem Saarland, der Pfalz und Baden nach Südfrankreich (von dort 1942 nach Auschwitz).

15. November: Hermetische Abriegelung des Warschauer Ghettos.

Alle Angehörigen der deutschen Polizei sollen im Laufe des Winters den Hetz-Film »Jud Süß« sehen.

9. Dezember: Verordnung über Kinderbeihilfen. Diese besagt, daß Kinderbeihilfen ausschließlich Kindern »deutschen« oder »artverwandten« Blutes zugute kommen.

1941

7. März: Einführung von Zwangsarbeit für alle Juden über 14 Jahre.

22. Juni: Deutscher Überfall auf die Sowjetunion.

20. Juli: Juden erhalten keine Entschädigung für Kriegsschäden.

31. Juli: Reichsmarschall Hermann Göring, designierter Nachfolger Hitlers, beauftragt Heydrich mit den Vorbereitungen für eine »Gesamtlösung der Judenfrage in Europa«: »... ich beauftrage Sie weiter, mir in Bälde einen Gesamtentwurf über die organisatorischen, sachlichen und materiellen Vorausmaßnahmen zur Durchführung der angestrebten Endlösung der Judenfrage vorzulegen.« Dieses Aktenstück gilt Historikern als ein Schlüsseldokument für die an höchster Stelle des Deutschen Reiches angeordnete Ausrottung der Juden in Europa.

1. September: Juden müssen vom vollendeten 6. Lebensjahr an den sogenannten »Judenstern« tragen, einen handtellergroßen, schwarz ausgezogenen Sechsstern aus gelbem Stoff mit der schwarzen Aufschrift »Jude«. Er ist sichtbar auf der linken Seite des Kleidungsstücks fest anzunähen. Die Verordnung tritt am 15. September in Kraft.

3. September: Im Konzentrationslager Auschwitz werden erstmals Häftlinge in einer Gaskammer umgebracht. 600 sowjetische Kriegsgefangene und 250 andere Lagerinsassen werden mit dem Blausäure-Präparat »Zyklon B« getötet. Interne Sprachregelung: »Versuchsvergasungen«.

13. September: Juden dürfen öffentliche Verkehrsmittel nur auf dem Weg von und zur Arbeit benutzen.

29./30 September: In Babi-Jar, einer Schlucht bei Kiew, treibt die Einsatzgruppe C, eine von vier Einsatzgruppen im Rußland-Feldzug, 33 371 jüdische Männer, Frauen und Kinder zusammen und erschießt sie gruppenweise.

1. Oktober: Die Jüdische Gemeinde Berlin erhält von der Gestapo den Befehl, die Synagoge in der Levetzowstraße zu einem Sammellager herzurichten.

18. Oktober: Beginn von Massendeportationen von Berliner Juden. Der erste Transport mit 1251 Menschen wird vom Bahnhof Grunewald aus in das Ghetto Lodz geschickt.

23. Oktober: Auswanderungsverbot für Juden ohne Einschränkung.

24. Oktober: »Deutschblütige« Personen, die sich freundlich gegenüber Juden verhalten, sind in Schutzhaft zu nehmen, der Jude ist in ein Konzentrationslager einzuliefern.

31. Oktober: Eine Reihe von sozialen Gesetzen findet keine Anwendung mehr. Juden haben die ihnen von den Arbeitsämtern zugewiesene Beschäftigung anzunehmen und werden gruppenweise, getrennt von der übrigen Belegschaft, eingesetzt. Jüdische Jugendliche können zu allen Tageszeiten

beschäftigt werden. Auch jüdische Schwerbeschädigte müssen die ihnen zugewiesene Arbeit annehmen.

25. November: »Verfall« des Vermögens deportierter Juden an das Reich. Verlust der deutschen Staatsangehörigkeit.

18. Dezember: Schwer kriegsbeschädigte Juden erhalten keinen Ausweis mehr, der sie als schwer kriegsbeschädigt kenntlich macht.

12. Dezember: Es ist Juden verboten, öffentliche Fernsprechzellen zu benutzen.

20. Dezember: Die Rentenzahlung an Juden wird eingestellt (Bescheid über das Ruhen von Renten).

1942

20. Januar: In der Berliner Villa Am großen Wannsee 56/58 findet unter Vorsitz des Leiters des Reichssicherheitshauptamtes, Reinhard Heydrich, eine Konferenz statt (»Wannsee-Konferenz«), die die organisatorischen und bürokratischen Richtlinien für die »Endlösung der Judenfrage« festlegt. Allerdings: Die »Endlösung« ist schon in vollem Gange. Bis Dezember 1941 sind schon 268 000 Juden ermordet worden. Als Opfer vorgesehen sind elf Millionen – alle Juden Europas.

31. Januar: Bericht der Einsatzgruppe A über die Liquidierung von 229052 Juden in den baltischen Staaten.

15. Februar: Juden dürfen keine Haustiere mehr halten. Die Tiere müssen zur Tötung abgegeben werden.

17. Februar: Es ist Juden verboten, Zeitungen und Zeitschriften zu kaufen.

6. März: Erste Sterilisations-Konferenz: Erörterung über die Sterilisierung der »Mischlinge«.

26. März: Wohnungen von Juden müssen mit dem gelben Stern gekennzeichnet werden (mit Wirkung vom 15. April an).

22. April: Es ist Juden verboten, »arische« Friseure aufzusuchen.

24. April: Im gesamten Reich dürfen Juden keine öffentlichen Verkehrsmittel mehr benutzen.

18. Mai: Anschlag von Mitgliedern der »Gruppe Baum« auf die nationalsozialistische Propagandaausstellung »Das Sowjetreich« im Berliner Lustgarten.

27. Mai: Attentat auf Reinhard Heydrich durch tschechische Partisanen (gestorben: 4. Juni).

2. Juni: Beginn von Massenvergasungen in Auschwitz-Birkenau und der Deportation deutscher Juden ins »Altersghetto« Theresienstadt.

10. Juni: Vergeltung für das Heydrich-Attentat: Das tschechische Dorf Lidice wird wegen der Beherbergung der Attentäter von einer SS-Einheit dem Erdboden gleichgemacht. 192 männliche Einwohner über 15 Jahren und 71 Frauen werden sofort erschossen.

19. Juni: Juden müssen alle elektrischen und optischen Geräte sowie Fahrräder, Schreibmaschinen und Schallplatten abliefern.

20. Juni: Verbot jeden Unterrichts für jüdische Kinder, Schließung aller jüdischen Schulen.

18. August: Die Mitglieder der »Gruppe Baum« werden in Berlin-Plötzensee hingerichtet.

1. September: Der Nachlaß »im KZ verstorbener« Juden fällt an das Reich.

18. September: Die Versorgung von Juden mit Fleisch, Fleischprodukten, Eiern, Milch und anderen Lebensmitteln wird eingestellt.

18. Februar: Mitglieder der »Weißen Rose«, darunter die Geschwister Scholl, werden beim Verteilen von Flugblättern in der Münchner Universität verhaftet. Am 22. Februar werden sie hingerichtet.

Reichspropagandaminister Joseph Goebbels verkündet im Berliner Sportpalast den »totalen Krieg«.

27. Februar. Bei der sogenannten »Fabrik-Aktion« werden fast alle Juden, die in Berliner Betrieben als Rüstungsarbeiter beschäftigt sind, in Sammellager gebracht und anschließend nach Auschwitz deportiert. Es handelt sich um etwa 7000 Menschen.

28. Februar: Häuser- und Straßenrazzien in Berlin. SS und Gestapo jagen die letzten in Berlin lebenden Juden, die sich mit Unterstützung von Deutschen versteckt halten konnten.

28. Februar/Anfang März: 1500 bis 2000 »versippte Juden« – sie haben einen »arischen Ehepartner« – werden ins das Hilfslager in der Berliner Rosenstraße verschleppt. Tage- und nächtelang demonstrieren vorwiegend »arische Frauen« gegen die geplante Deportation ihrer Männer. Am 6. März werden die ersten Gefangenen entlassen, zehn Tage später sind alle frei.

11. März: Juden sind nach Verbüßung einer Strafe – gleich welcher Höhe – auf Lebzeiten einem Konzentrationslager zuzuführen.

19. April–16. Mai. Aufstand im Warschauer Ghetto.

10. Juni: Auflösung der Berliner Jüdischen Gemeinde und der Reichsvereinigung der Juden in Deutschland.

16. Juni: Die letzten Mitarbeiter der Reichsvereinigung und der Berliner Jüdischen Gemeinde werden nach Theresienstadt deportiert.

19. Juni: Goebbels erklärt Berlin für »judenfrei«.

1. Juli: Laut Verordnung sind Juden nach dem Reichsbürgergesetz ausschließlich der Polizeigewalt unterstellt. Nach dem Tod fällt das Vermögen an das Reich.

18. Dezember: Jüdische Ehegatten aus nicht mehr bestehenden »Mischehen« (etwa durch Scheidung oder Tod) werden nach Theresienstadt deportiert.

1944

10. Januar: Jüdische Insassen von Nervenheilanstalten werden aus ganz Deutschland nach Berlin gebracht und deportiert.

12. Januar: Juden erhalten keine Kontrollkarten für den Briefverkehr mit dem Ausland.

20. Juli: Gescheitertes Attentat auf Adolf Hitler im Führerhauptquartier (Wolfsschanze, Ostpreußen) durch die Widerstandsgruppe um Oberst Graf von Stauffenberg. Die Hauptbeteiligten werden am selben Abend hingerichtet.

24. Juli: Sowjetische Truppen befreien das KZ Majdanek.

25. September: Einberufung aller deutschen Männer zwischen 16 und 60 Jahren zum »Volkssturm«.

2. November: Vergasungen in Auschwitz werden eingestellt.

26. November: Befehl Heinrich Himmlers zur Zerstörung der Gaskammern und Krematorien in Auschwitz-Birkenau.

1945

27. Januar: Auschwitz wird von sowjetischen Truppen befreit.

16. Februar: Erlaß zur Vernichtung aller Akten, die antijüdische Maßnahmen belegen, damit sie nicht in »Feindeshand« fallen.

27. März: Der letzte bekannte Transport von Berlin nach Theresienstadt mit 18 Juden. Zusammenstellung des letzten Transportes von Berliner »Nichtariern« Richtung Sachsenhausen.

11. April: Buchenwald wird durch amerikanische Truppen befreit.

15. April: Bergen-Belsen wird von britischen Truppen befreit.

29. April: Dachau wird von amerikanischen Truppen befreit.

21. April–1. Mai: Todesmarsch von 35 000 KZ-Häftlingen aus Sachsenhausen nach Mecklenburg. Rund 10 000 werden von der SS ermordet oder sterben an Erschöpfung.

30. April: Selbstmord Adolf Hitlers.

3. Mai: Theresienstadt wird von Vertretern des Internationalen Roten Kreuzes übernommen.

8. Mai: Bedingungslose Kapitulation Deutschlands. Ende des Krieges.

Hans Fallada:

»Eine bedeutende literarische Persönlichkeit, und ein großer Chronist seiner Zeit.« ND

Damals bei uns daheim
Erlebtes, Erfahrenes und Erfundenes
Erfahrenes und Erfundenes mischen sich hier auf vergnügliche Art. Fallada erzählt von den heiteren, schnurrigen Seiten seiner Kindheit und Jugend im »reichsgerichtlichen« Elternhaus im Berlin des ausgehenden 19. Jahrhunderts. In bunten, anschaulichen Bildern berichtet er von Familienfeiern, kindlichen Freundschaften und Nöten und von den Zwängen des Wilhelminischen Schulsystems.
369 Seiten. AtV 5323

Heute bei uns zu Haus
Ein anderes Buch. Erfahrenes und Erfundenes
Seit 1933 lebt Fallada mit Frau Suse und den Kindern Uli, Mücke und Achim auf seinem Bauernhof im Mecklenburgischen Carwitz. Von ihnen erzählt er und vom Alltag auf dem Lande, von Tieren, von Nachbarn, Haus- und Hofgehilfen, von häuslichen Pflichten und den Sorgen und Nöten. Auch denen am Schreibtisch. »Ruhe, jetzt wird gearbeitet!« ist das Donnerwort, das alles im Haus zum Schweigen bringt. Fallada malt diese Situationen in witzig-humorvoller Weise höchst anschaulich und vergnüglich aus. Das Buch setzt die Kindheits- und Jugenderinnerungen »Damals bei uns daheim« fort.
304 Seiten. AtV 5324

Sachlicher Bericht über das Glück, ein Morphinist zu sein
So beeindruckend offen und suggestiv wie in keinem anderen literarischen Text erzählt Fallada von den Zwängen eines Morphinisten. Die Euphorie des Rausches und das Desaster danach kennt er aus eigener Erfahrung. Mehr oder weniger direkt entlieh er die Motive aller Geschichten der eigenen Biographie: Erfahrungen aus der Haft und vor allem die Erlebnisse mit den eigenen Kindern.
159 Seiten. Herausgegeben von Günter Caspar. AtV 5327

Mein Vater und sein Sohn
Als der zehnjährige Uli im April 1940 ins Internat gegeben wird, schreibt der Vater ihm jeden Sonntag einen Brief: liebevoll, aufmunternd, mitunter auch ermahnend. Und der Sohn gibt wöchentlich Nachricht. Beinahe sieben Jahre lang. Der Kriegsalltag, aber auch das Glück und die Nöte eines Heranwachsenden spiegeln sich in diesen ergreifenden Briefen, die Hans Fallada von einer bisher unbekannten Seite zeigen: als Vater, der sich überzeugend als Freund zu geben weiß.
Briefwechsel. 243 Seiten. AtV 2145

Mehr unter
www.aufbau-verlagsgruppe.de
oder bei Ihrem Buchhändler

Lion Feuchtwanger:

»Macht süchtig!«

SÜDDEUTSCHE ZEITUNG

Erfolg
Drei Jahre Geschichte einer Provinz
Der Meineidprozeß geht für den Münchner Museumsdirektor Martin Krüger nicht gut aus. Aber er hat Freunde, die seine Unschuld zu beweisen versuchen. Die vielfältigen Bemühungen für und gegen Krüger sind Drehpunkt eines grandiosen Zeitromans über die politischen und kulturellen Ereignisse in München als die Nationalsozialisten versuchten, an die Macht zu gelangen.
Roman. Mit einer Nachbemerkung von Gisela Lüttig. 878 Seiten. AtV 5606

Die Geschwister Oppermann
Im zweiten Teil der »Wartesaal«-Trilogie erzählt Feuchtwanger vom Schicksal einer Berliner Familie in den ersten Jahren der Nazidiktatur. Die jüdischen Oppermanns müssen ihre Heimat, ihre Häuser, ihre Freunde verlassen, um ihr Leben zu retten.
Roman. Mit einer Nachbemerkung von Gisela Lüttig. 381 Seiten. AtV 5607

Exil
Die Entführung des Journalisten Friedrich Benjamin ist Teil einer Kampagne der Nationalsozialisten gegen die Emigrantenpresse. Private Interessen mischen sich mit politischen, das Engagement für oder gegen Benjamin hat Auswirkung auf Lebensschicksale der Emigranten und ihrer Gegenspieler.
Roman. Mit einer Nachbemerkung von Gisela Lüttig. 856 Seiten. AtV 5022

Die Brüder Lautensack
Dem Magier Oskar Lautensack gelingt mit Hilfe der Nazis ein schwindelhafter Aufstieg, bis er von ihnen auf übliche Art – durch Mord – beseitigt wird. Vorbild für die Hauptfigur ist der Hellseher Hanussen.
Roman. 328 Seiten. AtV 5038

Der tönerne Gott
Ein kleiner Kreis junger Künstler, süchtig nach Luxus und Genuß, und im Mittelpunkt er, Heinrich Friedländer, vermögend, talentiert, als Mäzen geschätzt. Er ist ein »Festmensch« wie alle seine Freunde, mit denen er Gelage feiert, orgiastisch und exzessiv. Gefühle sind ihm lästig, es sei denn, sie lassen sich zelebrieren. So wird das Leben zum Spiel, bis Heinrich durch leichtfertige Investitionen sein Vermögen verliert. Nur ein Betrugsmanöver kann ihn vor dem finanziellen Ruin retten. Die Frau, die ihn liebt, nimmt vor Gericht seine Schuld auf sich. Heinrich aber wird ihr niemals verzeihen, daß er ihr moralisch verpflichtet ist. Schwelgend im Pathos seiner Schwäche, akzeptiert er ihr zweites Opfer.
Roman. 191 Seiten. AtV 5036

Mehr unter
www.aufbau-verlagsgruppe.de
oder bei Ihrem Buchhändler

aufbau taschenbuch
AUFBAU VERLAGSGRUPPE

Willem Frederik Hermans:

»Die niederländische Literatur des 20. Jahrhunderts wäre ohne ihn undenkbar.«

CEES NOOTEBOOM

Nie mehr schlafen
Der niederländische Geologe Alfred Issendorf verfolgt ehrgeizige Ziele: Er möchte berühmt werden und mit einer sensationellen Entdekkung Karriere machen. Zu diesem Zweck schließt er sich einer geologischen Expedition an, die ihn in den äußersten Norden Norwegens führt. Schritt für Schritt werden Issendorf die Grenzen menschlichen Tuns aufgezeigt; in einem verzweifelten Akt der Selbstüberschätzung beschwört der junge Mann eine Katastrophe herauf. Willem F. Hermans erzählt eine Geschichte von menschlicher Eitelkeit und notwendigem Scheitern spannend bis zur letzten Seite. »Ein meisterhafter Roman.« F.A.Z. »Eine außergewöhnliche Wiederentdeckung der europäischen Nachkriegsliteratur.« ORF
Roman. Mit einem Nachwort von Cees Nooteboom. Aus dem Niederländischen von Waltraud Hüsmert. 415 Seiten. AtV 1940

Roman. Aus dem Niederländischen von Waltraud Hüsmert. 319 Seiten. AtV 2041

Die Dunkelkammer des Damokles
Den Laden des Tabakwarenhändlers Henri Osewoudt betritt im Mai 1940 ein Offizier der niederländischen Armee. Der Mann scheint Osewoudt wie aus dem Gesicht geschnitten. Als der geheimnisvolle Doppelgänger ihm wenige Wochen später Mordaufträge übermittelt, führt Osewoudt sie kaltblütig aus ... »Ein furioses Buch.« ZDF

Au pair
Die 19jährige Paulina kommt als Au pair nach Paris, ins Haus eines reichen Generals. Doch bald fragt sie sich, wozu diese Familie überhaupt ein Au-pair-Mädchen braucht. Schließlich wird Paulina in ein Familiengeheimnis eingeweiht und soll in sonderbarer Mission Vermögen ins Ausland bringen. Ein imposantes Buch über Sein und Schein, Wahrheit und Betrug. »Ein Meisterwerk der Weltliteratur.« DIE WELT
Roman. Aus dem Niederländischen von Waltraud Hüsmert. 495 Seiten. Gebunden. Gustav Kiepenheuer Verlag ISBN 3-378-00650-1

Mehr unter www.aufbau-verlagsgruppe.de oder bei Ihrem Buchhändler

aufbau taschenbuch

AUFBAU VERLAGSGRUPPE